당신의 손이 어루만지는 신비스러운 얼굴에 경배합니다.

——————————————————— 드림

추천의 글(전문)

최대환 신부님은 우리 교구 주보를 재미있고 풍요롭게 만드는 재주를 가진 분입니다. 철학 전공자답게 깊은 사고를 통해 삶에 깊은 질문을 던지기도 하고, 그 여느 전공자 못지않게 문학과 음악과 영화에 박식하여 많은 이들에게 기쁨과 새로움을 선사하는 이야기를 할 줄 아십니다. 신부님을 신학교로 발령 내면서 신학생들에게 인문학의 가치를 깨우쳐 주면 좋겠다고 당부한 기억이 납니다. 이제 신부님은 여러 독자를 위해 유익이 될 책을 내시게 되었습니다. 위로와 영감을 주는 이 책이 많이 읽히고 사랑받기를 바라며 기쁘게 추천합니다.

— **의정부교구장 이기헌 베드로 주교**

나는 최대환 신부님의 글을 읽고 나서 인간의 영성과 하느님의 신성을 증명하는 일은 매우 쉽다는 것을 알았다. 그 증거는 일상 속에 가득하다. 날마다 새로 태어나고 자라나는 아이들, 아이들의 웃음과 놀이, 피어나는 꽃과 나무들, 늘 새롭게 다가오는 시간들 속에 하느님의 신성은 있다. 그리고 타인의 고통에 공감하고 동참하는 마음 안에 인간의 영성은 살아 있다. 이것은 자명(自明)해서 중언부언할 필요가 없다. 최 신부님의 글은 여러 작품의 아름다움과 신앙의 진실로 인간의 일상을 설명한다. 이런 문장들이 최 신부님의 책 속에서 가장 편안하다. 나는 이 책에 나오는 말들 속에서 인간의 '탄생성'이라는 세 글자를 가장 기쁘고 또 무겁게 받아들인다.

ㅡ 소설가 김훈

최대환 신부님은 끊임없이 읽고, 듣고, 보고, 성찰하는 행위를 통해 '수고하고 무거운 짐진 자'들의 지친 어깨를 어루만지며, 그럼에도 왜 우리가 선량함과 정의로움, 헌신하는 삶의 자세를 포기하지 않아야 하는지를 일깨운다. 슬픔에 대해 말하는 것도 아닌데 눈시울이 뜨거워지는 건, 행간에서 읽히는 글쓴이의 마음이 한없이 맑고 온화해서일 것이다. 스미고 번지듯 다가와 마침내 뜨겁게 감화시키는 놀라운 글, 낮은 목소리로 커다란 울림을 전해주는 참 고맙고도 소중한 책이다.

ㅡ 시인 정호승

당신이 내게
말하려 했던 것들

**당신이 내게
말하려 했던 것들**

2018년 11월 26일 교회인가(천주교 서울대교구)

초판 1쇄 발행	2018년 12월 14일
초판 9쇄 발행	2022년 7월 10일
개정판 1쇄 발행	2024년 6월 14일

지은이	최대환
펴낸이	정해종

펴낸곳	㈜파람북
출판등록	2018년 4월 30일 제2017-000070호
주소	서울시 마포구 와우산로29가길 80(서교동) 4층
전자우편	info@parambook.co.kr
인스타그램	@param.book
페이스북	www.facebook.com/parambook/
네이버 포스트	m.post.naver.com/parambook
대표전화	02-2038-2633

© **최대환, 2018**

ISBN 979-11-7274-000-9 03810
책값은 뒤표지에 있습니다.

What you tried to say to me

당신이 내게
말하려 했던 것들

최대환 지음

파람북

당
신
이

내
게

말
하
려

했
던

것
들

빈센트 반 고흐의 삶과 예술을 기리는 미국의 팝가수 돈 매클레인의 유명한 노래 〈빈센트Vincent〉의 마지막 부분에 이런 가사가 나옵니다. '이제 나는 알겠어요, 당신이 내게 말하려던 것들을Now I understand what you tried to say to me.' 이 책에서 하려는 이야기는 이 가사를 살짝 바꾸어보면 될 것 같습니다. "당신이 내게 말하려 했던 것들을 알고자 애쓸 뿐입니다."

원고를 다 보낸 뒤, 출판사 편집부에서 저자 소개 사진을 부탁해왔습니다. 본인 사진을 잘 찍지도 보관하지도 않는 편이라 난감해하다가 혹시 컴퓨터에 쓸 만한 사진이 있는지 뒤져보았습니다. 꽤 오래된 사진 한 장을 발견하게 되었습니다. 15년 전, 철학을 공부하기 위해 머물렀던 독일 뮌헨의 지하철 안에서 찍힌 것이더군요. 반가운 친구들이 고국에서 찾아왔었고, 그중 한 친구와 시내 어딘가를 둘러보러 지하철을 탔던 것 같습니다. 사진을 잘 찍는 이 절친한 친구의 카메라 앞에서는 저도 모르게 자연스러운 표정이 지어지곤 합니다. 이 사진에도 편안하고 반갑고 즐거운 마음이 잘 드러나 있습니다. 오래전 시간 속에 있는 저는 스스로에게도 좀 낯설게 보입니다. 이제 사진 속의 저와는 독백이 아닌 대화가 어울릴 것 같습니다. 무엇인가 말을 하려는 듯 보이는 이 30대의 한 젊은 신부에게 저는 이렇게 말하고 싶습니다. "이제 당신이 내게 말하려는 것을 알겠어요."

사랑하고 존경하는 그리운 아버지께서 새벽녘에 눈이 내리듯 고요히 하느님 품으로 가신 지도 다섯 해

당신이 내게
말하려 했던 것들

가 되었습니다. 아직도 눈에 선하고 가끔씩 곁을 떠나셨다는 것이 실감나지 않을 때도 있습니다. 그분에게 이렇게 말씀드리고 싶습니다. "이제 알겠어요, 당신이 내게 말하시려고 했던 것을." 아버지가 돌아가신 그해 성 금요일에 좋은 선배이자 길벗이었던 전승규 신부님이 돌아가셨습니다. 그분과 나누었던 많은 이야기가 생각납니다. 〈빈센트〉라는 노래를 참 좋아하셨지요. 그러니 제가 이렇게 말하면 기뻐하실 것 같습니다. "이제 알겠어요, 당신이 내게 말하려고 했던 것을."

이 책을 아름다운 사람들이었던 나의 아버지 최병일 알로이시오 님과 의정부교구의 형제 사제 전승규 아우구스티노 신부님에게 바칩니다.

여기에 담긴 글에는 시간의 자취가 곳곳에 남아 있습니다. 부족하고 또 부족하지만 그래도 책을 읽으며 공감하고 사유하며, 누군가가 말하려던 것을 이해하려는 시도이며, '세상이라는 책'이 말하는 것을 감지하려고 애쓴 기록입니다. 시간과 함께 해온 일에는 그것을 가능하게 해준 터전이 있기 마련입니다. 저에게 그러한 자리는 지난 3년간 「의정부 주보」에 꾸준히 기고했던 '최대환 신부의 음악이야기'였습니다. 귀한 지면을 허락해주신 의정부교구의 문화미디어 국장 신부님들께 감사드리고 문미국의 편집담당자에게도 감사드립니다. 즐겨 읽어주신 독자들에 대한 고마움 역시 큽니다. 간간이 2014년 『매일미사』에 기고한 몇몇 묵상들을 옮겨오거나 참조하기도 했습니다. 힘들지만 값진 경험을 하도록 동반해준 당시 『매일미사』 담당자에게도 늦게나마 감사한 마음을 드리고 싶습니다. 둔한 글이 날렵한 몸새를 가질 수 있었다면 파람북 편집부의 덕입니다. 감사드립니다.

책을 묶어놓고 나니 겨울에서 가을까지, 그리고 다시 겨울로 움직이는 계절의 흐름이 느껴집니다. 매주, 매일의 흐름 속에서 자라난 글들이니 자연스레 그러한 리듬이 새겨진 모양입니다. 편집을 하면서 너무 시의적인 표현과 내용은 손을 봤습니다만, 각각의 글에 나름의 어울리는 계절이 있는 것도 사실입니다.

당신이 내게
말하려 했던 것들

하지만 모두 독립적인 글이니 너무 구애되실 필요는 없습니다. 글을 모아 책으로 세상에 내놓으려 하니 부끄러운 마음이 앞섭니다. 그래도 독자들이 사랑하는 이들에게 진심으로 "이제 알아요, 당신이 말하려고 했던 것을"이라 말하고자 애쓰는 여정에 이 부족한 글로 함께할 수 있어 영광입니다.

12월, 혜화동에서
최대환

눈물 맺히는 이 찬란한 계절에

길을 걸었어, 봄이더군

슬픔을 알아 행복한 이여

운명과 대화하는 법

1

눈물 맺히는 이 찬란한 계절에

What
you
tried to
say to
me

겨
울

여
행

서른을 갓 넘은 나이에 요절한 오스트리아의 작곡가 프란츠 슈베르트(1797~1828)는 '가곡의 왕'이라 불립니다. 그의 가장 유명한 곡은 시인 빌헬름 뮐러의 시에 곡을 붙인 24곡의 연가곡 〈겨울 나그네〉이겠지요. 독일어 제목은 Winterreise, '겨울 여행'이란 뜻이지만 귀에 익은 '겨울 나그네'란 제목도 나름 이유는 있습니다. 이 곡에서 말하는 '겨울 여행'이 낭만적이고 유쾌한 기분 전환의 여행길을 뜻하는 것은 아니기 때문입니다.

'낯선 이로 왔다가 낯선 이로 간다네'로 시작되는 이 연가곡은 마침내 지쳐 쓰러져 죽는 순간을 예감처럼 머리에 담고 걷고 또 걷는, 사랑을 잃은 외롭고 쓸쓸하며 가난한 한 사람의 영혼의 상태를 더없이 절절히 보여줍니다. 간간이 작은 희망의 조짐이 보였다가는 다시금 사라져가는 여행의 끝에서 주인공은 처량한 노인 악사를 만납니다. 〈겨울 나그네〉의 마지막 곡 〈거리의 악사Der Leiermann〉입니다.

> 저편 마을 한구석에 / 거리의 악사가 서 있네, / 얼어붙은 손가락으로 / 손풍금을 빙빙 돌리네. // 맨발로 얼음 위에 서서 / 이리저리 몸을 흔들지만. / 그의 조그만 접시는 / 언제나 텅 비어 있어. // 아무도 들어줄 이 없고, / 아무도 거들떠보지 않는다네. / 개들만 그 늙은이 주위를 빙빙 돌며 / 으르렁거리고 있네. // 그래도 그는 모든 것을 / 되는 대로 내버려두고 / 손풍금을 돌린다네, 그의 악기는 / 절대 멈추지 않는다네.

20세기 독일 가곡의 부흥기를 가져온 독일의 바리톤 가수 디트리히 피셔디스카우는 자신의 책 『리트, 독일예술가곡』에서 이렇게 말합니다.

> 두 부분으로 구성된 〈거리의 악사〉는 이 연가곡의 마지
> 막 노래이다. 작곡가는 마치 이야기를 들려주듯 담담하게
> 풀어나간다. 쇠약하게 스러져가는 느낌은 내면의 감정에
> 서 비롯된 것이 아니다. 오히려 이 곡에는 빛을 잃어가는
> 인간에 대한 태연함이 담겨 있다.

디트리히 피셔디스카우의 녹음을 포함해서 〈겨울 나그네〉를
담은 훌륭한 음반들은 너무나 많습니다. 한스 호터나 헤르만
프라이, 에른스트 헤플리거 같은 과거의 유명한 바리톤과 테
너들이 남긴 고전 명반들도 여전히 큰 감동을 줍니다. 여성
으로서 이 곡에 도전한 메조소프라노 크리스타 루트비히와
브리기테 파스벤더의 녹음도 빼놓을 수 없지요. 〈겨울 나그
네〉의 연주와 녹음사는 뛰어난 기량과 풍부한 음악학적, 문
화사적, 시대사적 연구 성과 그리고 현대인의 고뇌와 감수성
을 반영하는 가수들과 반주자들을 통해 더욱 신선하고 풍성
해집니다.
〈겨울 나그네〉를 감상하며 잊지 말아야 할 것은 피아노 연주
가 단순한 반주가 아니라 작품 해석에 있어 결정적 역할을 한

다는 점입니다. 이 곡을 부른 숱한 명가수와 함께 제럴드 무어, 그레이엄 존슨, 줄리우스 드레이크 같은 슈베르트 가곡 연주에 있어 찬사를 받는 전문 반주자들을 주목해야 하는 이유입니다. 스비아토슬라프 리흐테르나 알프레트 브렌델, 마우리치오 폴리니 같은 전설적인 피아니스트들이 기꺼이 〈겨울 나그네〉를 위한 반주에 나선 것만 보아도 이 곡에서 피아노 성부가 얼마나 중요한 위치를 차지하는지 잘 알 수 있습니다.

최근 이 가곡의 경전에 영국의 테너 가수 이언 보스트리지가 신선한 녹음을 내놓았습니다. 그의 목소리가 이 곡에 매우 잘 어울려, 이 연가곡집의 화자인 사랑을 잃고 절망의 길에 내몰린 청년을 진지하게 생각하게 됩니다. 그는 자국의 작곡가 벤저민 브리튼의 최고 해석자로도 인정받을 만큼 뛰어난 가창력과 함께 지적인 면모도 갖추고 있습니다.

철학자이자 역사학자인 지성인답게 연주만이 아니라 연구와 저술에서도 주목받는 작업들을 해내고 있습니다. 음악 에세이 『한 가수의 음악노트A Singer's Notebook』에 이어, 슈베르트의 연가곡 〈겨울 나그네〉에 관해 음악 전문가만이 아니라 이 곡을 사랑하는 모든 애호가와 교양인들을 위한 해설서 『슈베르트의 겨울 나그네』라는 책을 출간했습니다. 이 곡을 연주회와 녹음실에서 수없이 부른 자신의 경험과 다른 연주자들

눈물 맺히는
이 찬란한 계절에

과 해석자들에 대한 꼼꼼한 분석을 바탕으로 풍부한 음악적, 문화적, 역사적, 문학적, 언어적 배경지식을 더해 탄생한 이 책에서 독자는 풍부한 인문학적 식견을 얻을 수 있습니다.

그는 이 책의 서두에서 슈베르트가 남긴 유일한 자전적 산문 「나의 꿈」 속 한 구절을 인용합니다. 이 대목은 슈베르트가 이 연가곡을 얼마나 절실한 심정에서 탄생시킨 것인지 짐작하게 합니다.

> 나를 멸시한 사람들에 대한 끝없는 사랑을 마음속에 품고 (…) 먼 길을 돌아다녔다. 여러 해 동안 노래를 불렀다. 내가 사랑을 노래하려고 할 때마다 사랑은 고통이 되었고, 고통을 노래하려고 하면 고통은 사랑이 되었다.

한편, 이언 보스트리지는 〈겨울 나그네〉의 대미인 〈거리의 악사〉를 들을 때는 일반적인 예술가곡에 대한 선입관에 머물러 있기보다는 좀더 열린 마음과 공감이 필요하다는 것을 다음과 같이 강조합니다.

> 〈거리의 악사〉는 마술적이고 토템적인 곡이다. 곡의 위력과 울림은 그 어떤 합리적 설명으로도 전달할 수 없을 것

당신이 내게
말하려 했던 것들

같다. 얼마 뒤에 멘델스존이 '끔찍하고 저속하고 음이 하나도 안 맞는 쓰레기'라고 불평한 음악은 여기서 그야말로 숭고한 음악으로 변모했다. 물론 부분적으로는 노래가 제기하는 질문 때문이기도 하다. 강렬한 시적 내용과 격정적인 보컬이 70분간 이어진 끝에 오는, 음악이라기보다 차라리 반음악이라고 해야 할 곡이다. 실제로 아무것도 없다. 살은 없고 앙상한 골격만 남았다. 화성적으로 빈약하고 거의 다 단순한 반복으로 구성된다. 폴란드 연극 연출가 예지 그로토프스키가 1960년대에 주창한 '가난한 연극'처럼 슈베르트는 우리에게 '가난한 연극'을 선사한다. 공허함과 전면적으로 마주하는 이곳에서 가수는 숨을 곳이 없다. (…) 뮐러가 마지막 시에서 준비한 가난과의 대면, 다른 사람의 배제는 온갖 감정들을 떠올리게 한다. 나그네의 실존적 고통은 처음으로 현실의 물질적 곤경과 마주친다. 선택받지 못하고 의연히 참아내야 하는 곤경이다.

가끔 이렇게 우울하고 절망적인 곡을 왜 들어야 하는지, 스스로에게 자문합니다. 그리고 놀랍게도 여기에 싸구려 감상이 아닌 가장 깊고 심오한 차원의 연민으로 다가가는 문이 있기 때문이라는 답을 얻게 됩니다. 슈베르트는 〈거리의 악

눈물 맺히는
이 찬란한 계절에

사)에서 마을 어귀에 맨발로 서서 곱은 손으로 손풍금을 돌리는 늙은 악사 앞의 접시는 텅 비어 있고, 아무도 그를 쳐다보지 않는다고 노래합니다. 그는 그 마음을 알고 있습니다. 추위에 곱은 손과 외로움에 얼어붙은 마음을 가진 사람들이 얼마나 많은지 아는 사람이었습니다. 아니, 스스로 그런 벌거벗은 마음이 되어버린 사람이었습니다. 그래서 자신의 고통과 절망으로 노래하는 사람이었습니다.

우리는 그의 예술을 통해 연민과 자비의 문을 열 기회를 얻습니다. 차가운 겨울 풍경 속 한 모퉁이에 서서 온기를 애타게 찾는 이웃들의 얼어붙은 몸을 바라봐야겠습니다. 차갑게 얼어버린 마음에 눈물도 잊은 지 오래인 이웃들을 바라봐야겠습니다. 이제 눈이라도 소담스레 내려 냉랭한 마음이 생기를 얻었으면 싶습니다. 그리고 따뜻한 온기를 나누는 시간이 오면 좋겠습니다. 겨울날, 주일미사를 마치고 성당 문을 나서는 나의 눈길이 '거리의 악사'에게 향하고 있는지 가만히 살펴봅니다.

당신이 내게
말하려 했던 것들

안
녕,
아
이
들

젊은 시절 감명 깊게 본 영화를 오랜 세월이 지나 다시 극장
에서 만나게 되면 남다른 감회에 젖기 마련이지요. 2016년
늦가을 밤에 명동의 한 극장에서 프랑스 영화감독 루이 말의
영화 〈굿바이 칠드런〉을 다시 만나게 된 것은 저에게 그런
시간이었습니다. 제43회 베니스 국제영화제에서 황금사자상
을 수상한, 보석처럼 아름다우면서도 마음을 저미는 이 작품
은 우리나라에서 1989년 성탄 전야에 개봉했었지요. 그 겨

눈물 맺히는
이 찬란한 계절에

울, 1월의 어느 날에 지금은 없어진 어느 극장에서 이 영화를 보았습니다. 영화를 보고 난 후 먹먹했던 그 마음을 여전히 기억하고 있습니다.

이 영화의 주인공은 독일군의 프랑스 점령기인 비시 정권 시절, 프랑스에서 유대인 색출이 본격화되던 때에 가르멜 수도회가 운영하는 기숙학교에 다니던 활달한 소년 줄리앙입니다. 그는 어느 날 전학 온 친구 장을 동급생으로 만나게 됩니다. 장은 수학과 음악에 대단한 재능을 지니고 있는 데다가, 문학을 좋아하고 잘 아는 조숙한 학생이었습니다. 줄리앙은 처음에는 이런 장을 좀 경계하고 질시합니다. 그러나 이런저런 사건들을 겪으면서 둘은 좋은 친구가 됩니다. 그리고 줄리앙은 장의 비밀도 알게 됩니다. 사실 장은 유대인이었고, 다른 여러 유대인 학생들처럼 교장 신부님께서 그를 보호하기 위해 이름을 바꿔 이 기숙학교에 숨겨놓은 겁니다.

그러나 이들의 아름다운 우정은 1월의 어느 날 끝을 맺게 됩니다. 누군가의 밀고로 게슈타포가 학교에 들이닥치고, 장을 포함한 유대인 학생들과 교장 신부님은 체포되어 끌려갔기 때문입니다. 영화의 마지막에 이들이 모두 수용소에서 죽음을 맞았다는 자막이 나오는데, 사실 이 영화의 주인공 줄리앙은 감독 자신이며, 친구들과 신부님의 운명 역시 실제 이야기입니다. 루이 말은 자신의 어린 시절에 보냈던 너무나 가슴 아프면서도 소중했던 이 시간을 마음에 간직하고 있었고, 아주 오랜 세월이 지난 후에 영화로 만들었습니다. '굿바이 칠드런'이란 제목은 신부님이 끌려가면서 학생들에게 하신 마지막 인사, '안녕, 얘들아'에서 온 듯합니다.

영화의 마지막에 나온 차가운 겨울의 교정을 다시 떠올립니다. 엄하지만 학생들을 진정으로 사랑하셨고 자신의 목숨까지 내놓으며 유대인 소년들을 지키려 한 교장 신부님이 마음을 담아 아이들에게 마지막 인사를 하시던 모습, 그리고 죽음의 길로 떠나는 장에게 손 인사를 하는 줄리앙의 눈에 맺히던 그 눈물이 잊히지 않습니다.

그날 밤, 왜 예전에 본 이 영화를 다시 만나러 극장으로 향한 것인지 생각해보았습니다. 조금 빨리 만난 차가운 날씨 때문이었을까요? 아니, 아마도 모든 순수함이 짓밟히고 저열함이 지배하는 세상에 살고 있다는 어두운 마음에 빠져드는 이 시대에, 순수한 우정과 고결한 희생을 다시금 만나야 한다는 절박함 때문이었는지도 모르겠습니다.

눈물 맺히는
이 찬란한 계절에

선한 마음의 힘

20세기 전반 할리우드 영화의 전성기를 수놓은 사람 중에 영화감독 프랭크 캐프라(1897~1991)가 있습니다. 그의 영화들에는 유머와 재치, 달콤한 로맨스뿐만 아니라 사회의식이나 어려운 사람들에 대한 공감, 정의감, 인간미까지 깊이 담겨 있습니다. 대표작인 〈멋진 인생〉은 70년이 넘은 영화이지만 감동의 힘이 여전합니다. 또한 이야기의 대단원이 크리스마스에 막을 내리고 수호천사가 등장하기도 해서 성탄절에 보고

당신이 내게
말하려 했던 것들

싶은 영화로도 꼽힙니다. 동화 같은 이야기라는 인상을 주지만, 사실 이 영화는 '올바른 인생의 가치는 무엇인가'라는 보편적이고 절실한 주제를 다룹니다.

주인공은 유쾌하고 정의롭고 이상주의자이며 따뜻한 가장인 조지 베일리입니다. 그는 돌아가신 아버지의 가업을 이어받아 어려운 사람들을 돕는 일에 최선을 다합니다. 반면 전쟁과 공황으로 어려운 시기를 이용해 수많은 사람의 집과 가게와 회사를 삼켜 엄청난 부를 축적한, 탐욕과 지배욕으로 가득 찬 헨리 포터가 그와 대립합니다. 영화에는 멋진 대사가 수없이 나오고 올바른 인생이 무엇인지 깊이 생각하게 하는 장면들이 이어집니다. 그중 매우 인상적이었던 것은 왜 포터가 베일리를 괴롭히고 그를 파멸시키려 애쓰는가에 대한 이야기가 나오는 장면이었습니다. 포터는 자신이 갖지 못한 것, 즉 선을 행하려는 변치 않는 마음을 베일리가 가졌다는 이유로 그를 미워하였습니다. 이에 좌절한 베일리는 결국 자살을 계획하게 됩니다. 하지만 수호천사와 선한 이웃의 도움으로 희망을 되찾고, 모두가 함께 행복한 성탄절을 맞이하게 되지요.

캐프라의 다른 여러 영화처럼 이 영화도 교훈적입니다. 정의와 평등, 무엇보다도 선한 마음의 가치에 대해 일깨워줍니다. 요즘처럼 각박한 시대에 그리워지는 영화입니다.

눈물 맺히는
이 찬란한 계절에

선한 마음에 대해 믿음을 가질 수 있는가는 각 개인과 한 사회에 있어 결정적인 문제입니다. 사실 우리는 매일의 삶에서 사람들이 보여주는 벌거벗은 미움을 종종 대면하게 됩니다. 선과 아름다움과 거룩함 앞에서 미움으로 응대하는 것, 이를 조롱하는 것, 그것이 바로 악에 사로잡힌 사람들의 처지입니다. 불행히도 이는 우리 시대의 자화상이며, 때로는 우리 역시 그렇게 악에 희롱당할 수 있다는 것을 고백하게 됩니다. 그러나 어떤 경험에도 불구하고 잊어서는 안 되는 것이 있습니다. 미움을 이겨내는 것, 그것은 오직 선한 마음, 선을 사랑하는 마음에서만 가능합니다.

선한 마음이 세상을 움직이는 진정한 힘이라는 믿음과 신뢰가 흔들릴 때면 간절히 만나고 싶은 분이 있습니다. 문학작품에 등장하는 허구의 인물이지만, 마치 살아 있는 사람처럼 존경하게 되는 인물이지요. 바로 프랑스의 작가 빅토르 위고의 『레미제라블』에 나오는 미리엘 주교입니다. 모두가 알다시피 그는 이 소설에서 주인공 장발장이 회심하는 데 결정적인 역할을 하는 인물이지요.

소설 초반부에서 위고는 미리엘 주교가 장발장과 만나기 전에 목자로서 어떠한 삶을 살고 있었는지 길게 설명하는데, 여기에서 이미 이 장대한 소설의 주제가 예고되고 있습니다.

당신이 내게
말하려 했던 것들

사람들은 환자나 죽어가는 사람의 머리맡에 언제고 미리엘 씨(주교)를 불러올 수 있었다. 그는 그것이 자기의 가장 큰 의무이자 가장 큰 직분이라는 것을 잘 알고 있었다. 과부나 고아의 집에서는 일부러 청할 필요조차 없었다. 그는 자진해서 가주었다. 그는 사랑하는 아내를 잃은 남자나 아들을 잃은 어머니 곁에 묵묵히 앉아 있었다. 그는 침묵을 지켜야 할 때를 알고 있듯이 말을 해야 할 때를 알고 있었다. 오, 오, 참으로 훌륭한 위안자였다! 그는 잊음으로써 고통을 없애려고 하지 않고 희망으로써 그것을 키우고 숭고하게 하려고 했다.

미리엘 주교의 이러한 모습은 그리스도인의 정신을 온전하게 보여주고 있습니다. 진정한 의미에서 크리스마스에 참 잘 어울리는 장면입니다. 성탄의 참 정신은 마구간 구유에서 태어나신 아기 예수를 마음에 담고 사는 삶입니다. 구유에 계신 예수님을 제대로 알아 뵙고 합당하게 경배하는 것은 가난하고 소외된 이웃에게 다가갈 때 가능합니다. 문득 선종하신 김수환 추기경님이 생각납니다. 그는 성탄 때마다 철거촌의 사람들과 윤락촌의 여성들과 그 밖에 사회에서 소외되어 고통받고 눈물짓고 슬퍼하는 이들과 함께하고, 다른 이들이 아

눈물 맺히는
이 찬란한 계절에

닌 그들과 성탄미사를 봉헌하셨습니다. 이로써 성탄의 의미가 무엇인지 삶으로 보여주었던 것이지요. 성탄을 올바르게 맞이하는 거룩한 신앙심은 종교를 갖지 않은 사람에게도 감동을 줍니다. 세상을 움직이는 힘은 선한 마음이라는 믿음을 증언하기에 더욱 그런 것 아닐까요.

빛을

기
다
리
는

시
간

뛰어난 가톨릭 신학자이자 종교철학자였던 독일 아헨교구의
주교 클라우스 헴메를레(1929~1994)는 다음과 같은 시를 지어
자신의 교구 사람들에게 성탄을 맞는 마음을 전하였습니다.

모든 사람은 각자 하나의 창문이니. / 대성당의 찬란하고
장엄한 색 유리창. / 그러나 빛이 없다면 이런 창문들이
무슨 소용이랴 // 성탄절에 빛이 솟아오르네. / 성탄절에

눈물 맺히는
이 찬란한 계절에

나의 삶을 비추시는 그분이 태어나시네. / 비록 내가 아직 나의 삶에서 오직 어둠만을 보고 있을지라도 // 나는 이제 그분의 빛 속에서 나의 삶을 두 손에 가만히 품고 싶다네. / 그리고 그 창문은 곧 빛나는 색채로 환해지겠지 / 그리고 많은 이가 빛을 보게 될 것임을.

그의 글이 알려주듯 성탄을 기다리는 때인 '대림절'은 빛을 기다리는 시기이기도 합니다. 또한 눈먼 이들의 눈을 뜨게 하신 예수님이 우리의 눈 역시 뜨게 해주시기를 갈망하는 때입니다. 이제 우리 안에 주님이 마련하신 '존재의 창'이 빛으로 밝혀지기를 기다립니다. 빛이신 그분이 없다면 우리의 삶은 눈먼 것과 마찬가지입니다. 빛이신 분이 세상에 가져오신 참된 변화를 알아보지도 못하고 꿈꾸지도 못하고 그 빛 안에서 기뻐하지도 못할 테니까요. 이제 창의 먼지와 그을음을 지우고 본연의 찬란한 색채를 주님의 빛으로 세상에 드러낼 수 있게 준비하고 싶습니다. 겸허하게 대림시기를 지내고 성탄을 맞으며 우리 각자가 주님의 빛을 자신의 삶으로 증언하는 귀한 존재라는 진리를 깨닫고 싶습니다. 때로 우리의 삶은 어둠 속에 묻혀 있는 듯 보이지만 결국 빛은 어둠을 이기고 삶을 찬란히 빛나게 하신다는 그 믿음을 간절히 청합니다.

당신이 내게
말하려 했던 것들

겨울의 한복판에서 우리는 다가오는 성탄의 초대를 감지할 수 있어야 합니다. 그러기 위해 우리의 정신은 잠에서 깨어 총기를 얻고 마음은 설레어야 합니다. 설레는 마음을 가진 사람만이, 그리움을 아는 사람만이 구원의 약속을 믿고 하느님의 섭리를 보게 됩니다. 그리고 우리 마음을 설레게 하는 눈을 기다립니다. 우울하고 죽은 듯한 적막에 휩싸인 겨울의 한복판이지만 우리의 마음은 내리는 눈을 보며 깨어나게 될 것입니다. 마음이 깨어난다는 것은 곧 우리의 마음이 설레기 시작한다는 뜻입니다. 설레는 마음은 우리 눈을 뜨게 합니다. 그리고 미래의 약속을, 약속의 도달을 더 나아가 구원을 믿고 또 보게 합니다.

우리에게는 눈을 기다리며 해야 할 일이 있습니다. 미국 시인 월리스 스티븐스(1879~1955)의 시 「눈사람」을 읽으며, 우리가 해야 할 일이 무엇인지 생각해봅니다.

> 우리는 겨울의 마음을 가져야 한다 / 눈딱지 앉은 소나무 가지와 / 서리를 응시하려면 // 그리고 오래도록 추워봐야 한다 / 얼음 보풀인 노간주나무와 / 멀리 반짝이는 1월의 태양 아래.

눈물 맺히는
이 찬란한 계절에

이 시에는 가려진 마음의 눈을 뜨고 실재를 대면하기 위해 자신을 성찰하는 시인의 각오가 잘 드러나 있습니다. 준엄하지만 아름답습니다. 이처럼 대림절이 우리의 눈을 가리는 온갖 허울과 망상을 걷어내고 성탄의 신비를 순수하게 바라볼 수 있는 시간이면 좋겠습니다. 신비는 관념이 아니라 실재이며, 우리는 진리 안에서 사랑할 때 비로소 신비와 만나게 됩니다. 시몬 베유는 이러한 사실에 대해 다음과 같이 비범하게 통찰합니다.

진리는 실재의 번득임이다. 사랑의 대상은 진리가 아니라 실재이다. 진리를 욕망한다는 것은 실재와의 직접적 접촉을 욕망하는 것이다. 실재와의 직접적 접촉을 욕망하는 것이 사랑이다. 진리를 욕망하는 단 하나의 이유는 진리 속에서 사랑하기 위함이다. 우리는 우리가 사랑하는 것의 진리를 알고 싶어 한다. 그러니 진리에 대한 사랑을 논하기보다는 사랑 속에 존재하는 진리의 정신을 논하는 편이 낫겠다. 진정하고 순수한 사랑은 항상 그 무엇보다 온전히 진리 안에 거하기를 바란다.

성탄절에 우리는 아기 예수 안에서 순수한 마음으로 빛나는 구원의 진리를 바라보아야 합니다. 강생의 신비는 환상이나 투사가 아닌 참된 실재입니다. 그리고 참된 실재인 강생의 신비는 사랑을 통해 만나야 합니다. 우리 마음 안에 여전히 도사린 허황된 욕심과 이지러진 선입견을 모두 내려놓아야 합니다. 그럴 때 소문이나 신화가 아니라 실재로서 구원의 신비가 우리 앞에 다가옵니다. 우리가 사랑의 눈으로 응시하고 두 팔을 벌려 받아 안을 아기 예수님께서 우리 앞에 계십니다. 그분께서는 깨끗한 마음과 맑은 눈으로 다가오기를 기다리고 계십니다. 지금이 바로 구원을 보는 때입니다.

눈물 맺히는
이 찬란한 계절에

성
탄
절

미
사

성탄 전야에 미사를 마치고 성당 마당으로 나오며 느끼는 기
분은 한 해의 가장 큰 선물입니다. 전 우주를 휘도는 주님의
영이 이렇게 보잘것없는 나 역시 사랑으로 감싸고 계시다는
것이 갑자기 확실해집니다. 뺨에 와 닿는 차가운 공기가 그
렇게 신선할 수 없습니다. 순수의 세계 안에 머무는 이 특별
한 순간을 하나도 놓치지 않고 음미하려 합니다. 머리와 눈
은 맑아지고 마음은 잔잔한 기쁨과 뭉클한 감동으로 따뜻합

니다. 성탄의 밤은 매년 돌아오지만 유난히 기억에 오래 남는 미사 후의 정경들이 있습니다.

10여 년 전 한적한 산 아래 있는 이국의 수도원에서 피정을 하며 성탄을 보냈습니다. 수사님들과 얼마간의 손님들이 함께한 성탄 전야 미사에 참례하였습니다. 미사 후 사람들과 잠시 눈인사를 나누고 천천히 처소로 돌아가며 밤하늘의 쏟아지는 별을 보았습니다. 유난히 추웠던 그 겨울, 별이 가득한 밤하늘을 바라보며 은총 속에 있다는 것을 실감했던 그날의 경험이 아직도 잊히지 않습니다. 어느 해에는 눈이 함께하는 성탄의 밤을 보내기도 했습니다. 순백의 눈을 맞으며 느낀 순수한 즐거움과 포근함 그리고 마음의 가벼움이 때때로 고맙게도 다시 떠오릅니다. 시인 마종기는 눈 내리는 아침에 미사를 지낸 감동을 시 「눈 오는 날의 미사」에서 노래합니다. 두 번째 연에서 듣게 되는 시인의 고백이 마음을 깨끗하고 따뜻하게 합니다.

가장 아름다운 모형의 물이 / 오래 비어 있던 나를 채운다 / 사방에 에워싸는 하느님의 체온, / 땅에까지 내려오는 겸손한 무너짐. / 눈 내리는 아침은 희고 따뜻하다.

눈물 맺히는
이 찬란한 계절에

시인의 고백은 눈 내리는 성탄의 밤에도 더없이 어울리겠지요. 눈이 없다 하더라도 성탄의 밤은 우리의 마음을 새롭게 하고 순수함으로 채워주는 거룩한 밤입니다. 이 복된 밤에 그저 머물고 싶을 뿐입니다.

프랑스의 작곡가 올리비에 메시앙(1908~1992)의 〈아기 예수를 바라보는 20개의 시선Vingt regards sur l'Enfant Jésus〉은 성탄의 신비에 잘 어울리는 곡입니다. 그는 평생 가톨릭 신비주의를 음악으로 탁월하게 표현했던 깊은 신앙심을 지닌 인물입니다. 피아노 독주를 위한 연작 〈아기 예수를 바라보는 20개의 시선〉은 제2차 세계대전이 끝나기 직전인 1944년에 작곡한 곡으로 천재 작곡가로서의 놀라운 작곡 기법만이 아니라 메시앙의 신비주의적 영성의 깊이와 크리스탈 같은 투명함이 잘 드러난 걸작입니다. 연주 기교의 차원에서나 종교적 해석의 차원에서나 매우 연주하기 어려운 이 곡을 1996년 피아니스트 백건우가 명동성당에서 연주하여 많은 이에게 감명을 주었다고 하지요. 저는 그 자리에 함께하지는 못했습니다만, 상상하는 것만으로도 아름답습니다. 개인적으로는 뮌헨에 머물던 시기에 이 곡을 메시앙 해석의 권위자인 피에르로랑 에마르의 연주로 직접 들을 수 있었던 것을 큰 행운으로 여기며 감사하고 있습니다. 이해하려 한다면 쉽지 않은 곡이

당신이 내게
말하려 했던 것들

고 낯설게 들리는 곡인 것도 사실이지만 두 시간에 가까운 시간 동안 이 곡을 공연장에서 직접 들었을 때 받게 되는 강한 감동은 이 음악이 의도하는 '강생의 신비에 대한 관상'이 허세가 아니라 진실임을 알게 합니다.

성탄에 대한 복음 말씀과 토마스 아퀴나스, 십자가의 성 요한, 리지외의 성녀 데레사, 마르미옹 신부 등 신학자들과 영성가들의 글에서 영감을 받은 이 작품의 곡들에 붙인 제목들은 "말씀이 사람이 되셨다"라는 말씀으로 시작하며, 성탄미사에서 봉독되는 요한복음의 서문을 묵상하는 데 큰 영감을 줍니다.

메시앙이 표현하는 구유 안의 아기 예수를 바라보는 20개의 서로 다른 방향의 시선은 결국 아기 예수 안에서 인성과 신성이 하나되어 있다는 신앙의 진리를 고백하는 것이기 때문입니다. 〈아버지의 시선〉〈별의 시선〉〈성모님의 시선〉〈목자들의 시선〉〈천사들의 시선〉〈사랑의 교회에 대한 시선〉들에서 우리는 아기 예수에 대한 흠도 티도 없는 단순한 사랑만이 가득한 관상적 눈길을 묵상합니다. 〈침묵의 시선〉〈시간의 시선〉〈십자가의 시선〉〈기쁨의 성령의 시선〉 등의 곡들은 심오한 신학적 사유의 흔적입니다. 매우 개인적인 묵상과 체험에서 온 신앙인의 확신을 담고 있는 곡도 있습니다.

바로 〈나는 잠자고 있으나, 나의 심장은 깨어 있다〉입니다. 유난히 서정적이고 아름다운 이 곡과 클라우스 헴메를레 주교의 성탄 묵상은 참 잘 어울립니다.

> 말씀이 사람이 되셨네 / 말씀이 심장이 되셨네 / 하느님께서 심장을 가지셨네. / 하느님의 심장이 뛰시네 / 수백만의 인간의 심장의 맥박 안에서 / (…) / 이제 우리는 알게 되었네 / 사람의 심장 안에 살고 계신 것이 누구이신지 / 우리의 심장은 채워지지 않는 몽상이 아니라네 / 우리의 심장은 출구없는 절망으로 내몰리지 않는다네 / 우리의 심장은 현실에서 도피하지 않는다네 / 아니, 우리의 심장은 옳다네 / 왜냐하면 하느님께서 우리의 심장을 취하셨으니까.

말씀이 사람이 되셨다는 것은 피와 살을 취하신 하느님이 우리의 심장 안에서 함께 숨 쉬게 되셨다는 의미입니다. 우리가 잠들고 지치고 쓰러져도 그분은 우리 안에서 살고 계십니다. 그분은 우리를 깨워주십니다. 그분은 우리의 시간 안에 들어오신 영원하신 분, 한 처음에 하느님 곁에 계셨던 말씀이자 하느님이시며 영원한 젊음이시니까요.

리
파
티
를
듣
는
밤

서른셋이라는 아까운 나이에 백혈병으로 숨진 루마니아의 피아니스트 디누 리파티(1917~1950)는 자신의 연주만큼이나 아름답고 고귀한 인품으로 기억되는 인물입니다. 그의 가까운 동료이자 위대한 피아니스트였던 클라라 하스킬과의 우정 또한 유명합니다. 리파티는 중병과 경제적 곤란으로 힘들어하던 그녀에게 지속적인 위로와 격려를 보내고, 물적 배려 또한 아끼지 않았습니다. 그의 스승 나디아 불랑제

눈물 맺히는
이 찬란한 계절에

(1887~1979)가 기억하는 디누 리파티와의 마지막 만남 역시 감동적입니다.

> 한번은 제가 제네바에 그를 보러 갔어요. 그가 살날이 얼마 안 남았다는 것을 알고 있었으니까요. 이미 가망이 없는 상태였어요. 제게 말하더군요.
> "선생님, 저하고 같이 의사한테 가십시다."
> "아니, 왜?"
> "선생님이 많이 피곤해 보이셔서요. 진찰 받으시도록 의사와 약속을 잡아놓았어요."
> 그는 이미 의사와 이야기를 다해놓았고, 제가 묵을 테라스가 딸린 방까지 잡아두었던 겁니다. 모든 게 다 준비돼 있었어요. 아닌 게 아니라 저는 매우 피곤한 상태였거든요. 자기 자신의 죽음을 목전에 두고도 제가 며칠 잘 쉴 수 있도록 챙기는 걸 그토록 중요하게 여겼죠. 삶을 사랑했고, 멋진 연주회를 열었고, 믿을 수 없을 만큼 아름다운 연주를 녹음했던 이 사람에게 이렇게도 감동적인 면이 있었습니다. 몇 차례씩 수혈을 받아가며 버티던 중이었는데 말이죠.

나디아 불랑제는, 죽음을 가까이 두고 불치병과 싸우면서도 자신을 챙기기보다 주변의 사랑하는 사람들을 먼저 따뜻하게 배려하고, 하늘이 주신 음악적 재능을 마지막 순간까지 청중들과 나누려 한 이 천재 음악가이자 아름다운 인격자를 '세상에 내려온 천사'라고 불렀습니다.

디누 리파티는 그 고귀한 인격으로 동시대인들에게 삶의 마지막 시기까지 깊은 인상을 주었을 뿐더러, 자신의 연주와 일화들을 통해 후세 사람들에게도 큰 감화를 주고 있습니다. 그의 마지막 연주회 이야기와 실황 음반은 이미 전설이 되었습니다.

백혈병으로 투병하던 이 젊은 피아니스트가 죽기 석 달 전인 1950년 9월 16일에 프랑스 브장송에서 마지막 연주회를 갖게 됩니다. 이 연주회에서 사람들은 마치 희생제와도 같은 숭고함을 감지했다고 전해집니다. 천사와 같았던 고귀하고 위대한 음악가와 가장 깊이 행복과 고통을 나누었던 그의 아내는 마지막 콘서트를 이렇게 기억하고 있습니다.

"그이는 매우 아팠음에도 약속한 브장송에서의 연주를 지키고 싶어 했어요. 의사가 그에게 포기하라고 했던 권유는 소용이 없었습니다. 그에게 연주회는 그가 더없이 진

43

눈물 맺히는
이 찬란한 계절에

지하게 여긴 음악에 대한 헌신의 증거였기 때문이에요. 가끔 그이는 음악을 듣고자 하는 사람들의 영혼에 기쁨을 주는 것이 자신의 의무라고 말하곤 했어요. 콘서트 전날 브장송에 도착한 그이는 거의 혼절할 지경이었고, 공연 연습을 위해 콘서트장으로 데려가는 것조차 불가능해 보였습니다. 동행했던 의사는 다시금 그가 포기할 것을 설득했습니다. 그러나 그는 말했어요. '나는 연주를 약속했습니다. 그리고 나는 연주를 해야 합니다.'

몇 번의 주사 처방이 있었고 그는 다시 기운을 차렸습니다. 연주회 날, 그는 마치 자동기계처럼 외투를 입고는 천천히 자신을 연주회장으로 데리고 갈 차로 다가갔습니다. 연주회장 계단을 올라가는 것이 그에게는 마치 골고타 언덕을 올라가는 것과 같아서, 그는 숨이 막히고 곧 기절할 것만 같았습니다. 각지에서 도착해 공연장을 메운 정중들은 벅찬 감정으로 압도되어 있었습니다. 그들은 자신들이 살날이 얼마 남지 않은 이 젊은 천재의 마지막 연주를 듣기 위해 여기에 온 것임을 알고 있었던 것이지요. 그는 딱한번 자신의 병세를 연주회에서 드러냈고, 이것이 마음을 뭉클하게 했습니다.

그는 그날의 주 연주곡목인 쇼팽의 14개의 왈츠 중에서

당신이 내게
말하려 했던 것들

마지막 곡을 칠 힘이 더는 없었던 것입니다. 극도의 피곤
함으로 연주를 멈추었고 거의 숨도 쉬지 못하는 것 같았
습니다. 잠시 뒤 리파티는 용기를 내어 청중들에게 마지
막 곡을 선사했습니다. 그 곡은 바흐의 〈코랄 G 장조〉였
습니다. 이 곡은 결국 그의 마지막 '백조의 노래'가 되었
습니다."

디누 리파티가 마지막으로 연주한 바흐의 코랄은 우리에게
도 잘 알려진 칸타타 〈예수, 나의 기쁨Jesus bleibet meine Freude〉
입니다. 이 곡을 그는 아침마다 기도처럼 연주했었다고 합니
다. 젊은 나이에 세상을 떠났지만, 마지막 음반을 포함해 그
의 연주들은 전설이 되었습니다. 더 중요한 것은 사람들이
그의 고귀한 인격을 기억하며 그의 연주를 통해 한 뼘 더 순
수해진 마음을 느낄 수 있는 것이겠지요. 그는 참으로 행복
한 사람이었습니다.
차가운 겨울 하늘에 드리워진 저녁노을을 내다보며 디누 리
파티가 프랑스 브장송에서 연주한 마지막 연주회를 듣습니
다. 겨울의 황혼은 이제 밤의 안식에 잠깁니다.

눈물 맺히는
이 찬란한 계절에

겨
울
의

끝

겨울의 마지막 날에 서 있는 제 모습을 떠올립니다. 겨울에
게 안녕이라고 말하렵니다. 매년 겨울을 보낼 때면 꼭 해보
고 싶었는데 못 해본 일이 있습니다. 그것은 큰 숲에서 내리
는 눈을 어깨에 맞으며 밤길을 홀로 걷는 일입니다. 이 장면
은 오랫동안 제 머릿속에 낭만적인 그림 한 폭으로 남아 있
습니다. 그런데 정말 이 바람이 이루어지면 좀 위험할지도
모릅니다. 눈 오는 밤 깊은 숲을 혼자 헤매다 보면 길을 잃기

당신이 내게
말하려 했던 것들

쉬울 테니까요. 안 그래도 방향감각이 좋은 편은 아니어서 몇 번 산에서 길을 잃고 고생한 적이 있습니다. 그래도 언젠가 이 바람이 이루어지길 기대합니다. 좀처럼 이루어지기 어렵다 하더라도 이런 바람을 간직한 덕분에 겨울의 끝에서 정신을 추스르며 봄을 준비하게 됩니다. 상상으로나마 차가운 눈을 맞으며 홀로 숲을 걸으며 인생길을 되돌아봅니다. 그러고는 마당에라도 나가 밤하늘을 바라봅니다. 별이 보이지 않으면 별을 떠올려봅니다. 눈이 별을 향하니 마해송 선생의 동화「천사가 지켜준 아이」속에서 어린이들이 간절하게 바치던 짧은 저녁기도가 생각납니다.

"임하소서 성신이여! 하늘로서 네 빛을 쏘사 내 마음에 충만케 하소서."

차가운 밤공기를 맞으며 아이들의 기도를 따라해보니 마음이 따뜻해집니다.「봄은 밤을 타고」라는 동화에도 좋아하는 시구 하나가 등장합니다.

봄은 밤을 타고 오는가 보다. 모두 모두 잠이 들어 아무 소리 없는 밤을 타고 오는가 보다. 개도 자고 고양이도 자

눈물 맺히는
이 찬란한 계절에

고 캄캄 어두운 밤을 타고 봄은 살며시 다가오는가 보다.

눈을 보며 설레는 마음으로 겨울을 맞이한 게 엊그제 같은데, 이제는 봄을 그리워합니다. 사실 우리는 시간의 매듭을 지어야 하는 시점에 모든 것이 제대로 해결되어 자리를 잡아 깨끗이 마무리된 것을 보기보다는, 고민과 문제가 여전히 숙제로 남아 있는 것을 보게 되기 일쑤입니다. 그러나 이번에는 우울함과 답답함에 갇혀 있기보다는 큰마음을 내서 자신을 휘감은 쇠사슬을 내려놓고자 합니다. 미쓰하라 유리의 「하얀 길」이라는 짧은 시 한 편이 위로와 용기를 줍니다. 이제 겨울을 보내려합니다.

오랫동안 헤매이다 마침내 바른길 찾아오면 / 길은 아무 말 하지 않아 칭찬도 나무람도 / 짐 될까 저어 '돌아왔니' 한마디조차 / 다만 지금부터 걸어갈 길 오롯이 하얗게 가리킬 뿐 / 걸어온 길보담 / 지금부터 걸어갈 길이 / 늘 중요하니까.

좋은 벗인 죽음

다시 늦가을, 겨울의 문턱에서 나뭇잎들은 모두 말라 떨어져 바스락거립니다. 온통 빨갛고 노랗게 물든 단풍나무와 은행나무 이파리들로 덮인 신학교 동산의 산책길은 눈부시게 아름답습니다. 발밑에 밟히는 낙엽을 천천히 쓸다가 '찬란한 아름다움은 생명의 마지막 물기까지 다 내어놓아야 하는 것인가' 생각하게 됩니다. 요 며칠 지인들이 사랑하는 가족들을 떠나보내며 겪은 슬픔과 그럼에도 그들이 말과 태도로 보

눈물 맺히는
이 찬란한 계절에

여준 굳건한 믿음을 떠올립니다. 이즈음 우리 영혼은 예리해져서 자연의 순환과 인생사를 그냥 흘리지 못합니다. 죽음의 엄숙함 속으로 파고들어 절실하게 위로를 구합니다. 잠시 죽음을 잊게 하는 '위로와 안락'이 아니라, 고요하나 사라지지 않는 '하늘에서 오는 위로'를 찾습니다.

어느 가을에 수도원으로부터 피정 동반을 부탁받아 그리스도인의 '아르스 모리엔디Ars Moriendi(죽음에 대한 태도이자 기예)'에 대해 강의를 한 적이 있습니다. 강의 준비를 하면서 스스로 많이 배울 수 있었고, 수사님들이 하루의 때마다 노래로 함께 바치는 기도에 푹 빠져들 수 있었으며, 절경의 풍광이 있는 피정의 집 주변을 원 없이 산책하는 행복한 시간이었습니다.

피정 중에 연륜이 있으신 독일 신부님 한 분과 피정 주제와 관련해서 개인적으로 대화를 나눌 기회가 있었습니다. 신부님께서는 죽음을 '벗'으로 받아들이는 것이 얼마나 큰 위로가 되는지 자신이 체험한 여러 인상적인 이야기들을 들려주셨습니다. 그중 오랜 벗이자 수도원 형제였던 신부님 한 분이 선종하셔서 장례미사의 강론을 맡게 되었을 때 일화가 기억에 남습니다. 음악을 좋아하고 좋은 목소리를 지녔던 고인이 생전에 즐겨 노래하던 바흐의 칸타타 〈나는 당신이면 충분합니다Ich habe genug〉의 제목을 주제로 한 강론이었다고 회고하셨습니다. 우리는 베이스나 바리톤의 낮은 성부의 남성 목소리로 듣게 되는 이 곡의 가사와 음악이 그리스도인답게 죽음을 대하는 태도인 '죽음의 기예'를 얼마나 잘 표현하고 있는지 이야기를 나누었습니다.

신부님은 모차르트의 깊은 신앙에 대해서도 언급하셨습니다. 모차르트가 아버지 레오폴드에게 보낸 편지에 하느님이 허락하시는 죽음을 행복으로 받아들이는 전적인 수용의 자세가 얼마나 잘 나타나 있는지 감탄하게 된다고 하시더군요.

이 대화는 저에게 즐겁고 소중한 시간이었습니다. 피정이 끝난 후에 독일어로 된 모차르트의 서한집을 구해서 그가 아버지에게 보낸 편지들을 찾아보았습니다. 아니나 다를까 모차르트가 1787년 4월 4일 빈에서 보낸 편지에서 그의 신앙과 죽음관이 감동적으로 표현된 구절을 발견했습니다.

저는 스스로에게 언제나 가장 나쁜 일이 일어나는 것을 생각하는 습관이 있습니다. 죽음 말이지요. 정확히 말하자면, 죽음은 우리 인생의 참된 최종 목적지예요. 그래서 저는 지난 몇 년 이래로 이 인간에게 진실된 최고의 친구와 서로 잘 사귀어왔습니다. 그래서 이 친구의 모습은 더 이상 저에게는 겁나는 것이 아니라 오히려 마음에 평화를

눈물 맺히는
이 찬란한 계절에

주고 위로를 준답니다! 그리고 주님께 감사할 수밖에 없어요. 그분이 이 행복을 저에게 부여하시고, 친구인 죽음이 우리의 진정한 복락을 위한 열쇠임을 배우게 하셨으니까요. 저는 사실 날마다 아마도 다시는 내일을 보지 못할지도 모르겠구나 하는 생각을 하지 않고 잠자리에 드는 적이 거의 없답니다. 그러나 이런 생각 때문에 그 누구도 나를 우울하거나 슬픔에 젖은 사람이라고 말해서는 안 됩니다. 오히려 이러한 영적인 행복에 대해 저는 매일매일 창조주이신 하느님께 감사를 드리며 또한 진심으로 나의 모든 벗에게도 이러한 행복을 기원한답니다.

모차르트가 죽음을 벗으로 대하고 그리스도인으로서 죽음에 초연하다는 것을 실감하게 하는 음악은 〈레퀴엠〉보다도 오히려 〈클라리넷 협주곡〉입니다. 두 번째 악장이 영화 〈아웃 오브 아프리카〉에 삽입되어 대중에게 친숙해진 이 곡은 모차르트가 죽기 얼마 전에 작곡한 곡이기도 합니다. 이 곡을 듣다 보면 죽음을 벗으로 받아들인 사람이 전해주는 위안이 얼마나 깊고 따뜻한지 알게 됩니다. 삶에 집착하지 않는 마음은 염세적인 태도라기보다 쓸쓸함 속에서도 기쁨을 머금을 수 있는 관대함에 가깝습니다. 다른 사람의 행복을 음울하

당신이 내게
말하려 했던 것들

게 질투하는 것이 아니라 벗들의 행복을 빌어주고 싶은 마음이지요. 현대 가톨릭 신학을 대표하는 스위스의 신학자 한스 퀑 신부는 『음악과 종교』라는 책에서 음악과 신학의 관계를 논하며, 이 곡이 자신의 젊은 시절에 선사한 기쁨과 위안에 대해서 인상적으로 고백하고 있습니다.

> 모차르트가 세상을 떠나기 정확히 두 달 전에 완성한 〈클라리넷 협주곡 KV 622〉, 더할 나위 없이 아름답고 강렬하고 내면으로 들어가는 그의 마지막 관현악곡, 음울함과 절망감이 전혀 없는 이 협주곡이 35년 전 박사 과정에 있던 신학도에게 레코드판 열두어 장밖에 없는 파리의 다락방에서 거의 날마다 새로운 기쁨과 힘과 위안을 주었다는 것, 요컨대 한 조각 작은 행복을 전해주었다는 것을 나는 감사한 마음으로 고백한다. 여러분도 모차르트의 음악을 들을 때는 누구나 한 번쯤 이런 작은 '행복'의 순간을 느꼈을 것이다.

모차르트 말년의 걸작인 〈클라리넷 협주곡〉의 명연주로 꼽히는 것은 오랫동안 빈 필하모니 관현악단의 수석 클라리넷 연주자였던 레오폴트 블라하(1902~1956)의 녹음본입니다. 스테레오 시대를 보지 못하고 모노 녹음들만 남겼지만 그의 연

눈물 맺히는
이 찬란한 계절에

주는 지금도 높이 평가받고 있습니다. 그는 1949년에 헤르베르트 폰 카라얀의 지휘와 빈 필하모니 관현악단과의 연주로, 1954년에는 아르투르 로진스키의 지휘와 빈 오페라 관현악단과의 연주로 녹음을 남겼는데, 최고의 연주로 꼽히는 로진스키와의 협연은 빈 문화의 황금시대를 고스란히 간직한 우아하고 우수 어린 아름다움과 함께 관조적 깊이를 갖춘 전설의 연주로 남아 있습니다.

죽음을 벗으로 생각한 모차르트의 음악이 가을과 겨울에 어울리면서도 또한 생기발랄한 봄과 여름에도 제격이라는 점은 역설적입니다. 모차르트의 음악을 봄날을 보내고, 여름을 한발 앞서 맞으며 듣던 때가 떠오릅니다. 푸르고 싱그러운 나뭇잎들 사이로 햇빛이 쏟아질 때, 도서관 2층 창밖 너머로 오후 파적의 시간에 신학교 교정을 산책하는 신학생들과 학생 수녀님들의 모습을 바라보며 헤드폰을 귀에 대고 조용히 모차르트의 〈피아노 협주곡 제21번〉의 2악장을 듣습니다. 봄에 움튼 생명이 영글어 피조물의 찬가로 터져 나오는 그 신비로운 순간에 초대받은 느낌입니다. 모차르트 음악이 머금은 생기와 우아함에 물들어갑니다. 생명의 신비를 느끼는 사람은 삶의 기쁨도 아는 법입니다. 그런 모차르트의 음악은 삶의 기쁨에 바로 닿아 있습니다. 그런데 이상한 것이 때로는 이러한 찬란함이 어느 순간 마음을 아리게 해서, 화창한 날인데도 저도 모르게 눈물이 핑 돕니다. '슬픔을 머금은 기쁨'이라 불리는 모차르트의 음악은 이런 인생의 신비를 담고 있나 봅니다. 생명은 아픔, 슬픔, 상실, 이별을 품고 있다는 것을 모차르트의 음악은 알려줍니다. 우리가 슬퍼하는 가운데 예기치 않게 기쁨이 찾아오고, 즐거움의 교차로에서 애잔함과 맞닥뜨리곤 한다는 것을, 인생이 그렇다는 것을 모차르트의 음악을 들으면 그냥 알게 됩니다.

개신교 신학에 있어 거장인 카를 바르트(1886~1968)는 모차르트를 사랑했고 그에 관한 통찰로 유명한 글도 남겼습니다. 그는 모차르트에게 자주 향하는 '영원한 아이, 경쾌하고 행복한 음악, 하늘이 내린 천재성' 같은 말들을 본디 그 의미속에서 다시 생각해야 한다고 말합니다. 또한 그는 모차르트가 고통을 많이 겪은 사람이었고, 평생 경제적 안정과 사회적 인정을 받지 못한 사람이었으며, 일찍부터 죽음이 자신의친구라는 것을 받아들인 사람이라는 것을 잊지 말라고 합니다. 세상의 모순과 분열을 알면서도 하느님의 좋으심을 끝없이 신뢰했기에, 그의 음악 속 '쾌활함'의 본질은 그러한 분열에 항거한 것이라고 말합니다. 그리고 이렇게 모차르트 음악에 대한 사랑을 고백합니다.

그의 음악에는 지루한 평원도 없으며, 또한 바닥 모를 골짜기도 없습니다. 그는 일을 적당히 해치우는 사람이 아니었습니다. 하지만 멋대로 지나치게 나아가지도 않았습니다. 그는 그저 모든 것을 있는 그대로, 한계 지어진 대로 표현합니다. 우리를 행복하게 해주는 그의 아름답고 감동적인 음악의 본질이 바로 여기에 있습니다. 이러한 말을 할 수 있는 음악가를 나는 모차르트 외에는 아무도 알지 못합니다.

바르트가 주장하듯 모차르트의 음악은 빛이 상승하고, 그림자는 사라지지 않는다 하더라도 물러서며, 기쁨이 고통을 다 지우지는 못해도 그것을 넘어서고, 긍정은 부정보다 강한 힘이 있다는 것을 깨닫게 합니다. 그것이 모차르트 음악의 종교성이겠지요. 죽음을 벗으로 생각한다는 그의 고백은 과장이 아니었다고 확신합니다. 그는 우리의 생각보다 더 굳센 영혼을 가진 사람이었고, 그는 죽음과 생명, 슬픔과 기쁨이 함께 있는 삶을 그 자체로 사랑하였고, 그러한 생명을 주신 하느님께 감사한 사람이었다고 생각합니다.

마
지
막 사
중
주

미국의 영화감독 야론 질버만의 〈마지막 사중주〉는 근년에
나온 음악 영화들 중 손에 꼽을 만큼 감정의 예리함과 철학
적 깊이가 남다른 수작입니다. 영화의 주인공은 세계적인 현
악 사중주단 '푸가'의 단원들입니다. 영화의 시작에서 그들은
창단 25주년을 축하하는 기쁨의 자리에 모였다가 예상치 못
했던 충격적인 소식을 듣습니다. 모두의 정신적 지주이자 스
승인 피터가 자신이 파킨슨병 진단을 받았다는 것을 밝히기

눈물 맺히는
이 찬란한 계절에

때문이지요. 영화는 사중주단 구성원들 사이의 관계가 애증과 상이한 음악적 견해, 자기애 그리고 애정 관계 때문에 파국으로 치닫는 것을 묘사합니다. 그러면서도 이러한 인간의 약점과 상처에도 불구하고 악보에 담긴 위대한 곡 하나를 높은 수준으로 실현시키기 위한 음악가들의 헌신이 얼마나 대단한지 설득력 있게 보여주고 있습니다.

이 영화의 중심축을 이루는 것은 피터의 은퇴연주회를 위해 고도의 연주력과 해석력을 요구하는 〈현악 사중주 제14번〉을 준비하는 과정입니다. 이 곡은 베토벤의 후기 현악 사중주곡 중 하나로 매우 높은 난이도를 가진 곡입니다. 사실 영화의 원제 'A Late Quartet'는 '마지막'이란 뜻이 아니라 베토벤의 '후기 사중주곡'을 의미합니다. 한 번도 쉬지 않고 연주해야 하는 이 난곡을 최고의 수준으로 연주하기 위한 연습 과정에서 주인공들은 더 이상 자존심이나 위선으로 감출 수 없는 과거의 상처들과 대면합니다. 누구라고 할 것 없이 상처와 치부를 다시 헤집어내고 경멸감과 미움을 폭발시키고, 이제 연주회 자체가 무산될 위기에까지 다다릅니다. 영화는 이 음악가들이 음악을 향한 헌신과 음악적 스승에 대한 존경심 그리고 각자가 안고 가야 하는 인간적 약점에 대한 연민과 존중을 통해서 삶의 또 다른 통찰을 얻게 되는 과정을 현악 사중주 연주가 완성되어 가는 것과 교차시키며 그려냅니다. 영화에서 묘사하는 음악에 대한 이들의 성취는 관객들에게 마치 지속되는 삶의 여정처럼 보입니다. 마침내 피터가 자신의 병약함을 관객에게 고백하고, 음악과 함께할 수 있었던 것에 감사하며, 자신의 시대를 마감하되 새로운 세대를 위한 시간을 열어주는 마지막 장면은 깊은 여운과 감동을 남깁니다.

영화에서 인상적으로 사용되는 〈현악 사중주 제14번〉은 베토벤이 생애의 가장 마지막 시기에 남긴 6개의 후기 현악 사중주 중 하나입니다. 이 곡들은 베토벤의 가장 내밀한 심정과 심오한 정신세계를 담고 있는 고독하고 위대한 곡이며, 아마도 베토벤의 작품 중에서 가장 범접하기 어려운 곡들일지 모릅니다. 그러나 인내심과 집중력으로 이 곡들을 진지하게 만난다면, 음악이 감각적 기쁨만이 아니라 정신성을 조형하는 예술이라는 것을 실감하게 됩니다.

실천적 지식인의 표상이자 교양과 인문정신의 모범을 보여주었던 팔레스타인의 학자 에드워드 사이드(1935~2003)는 백혈병으로 투병하면서도 생애 마지막까지 베토벤을 비롯한 거장들의 '만년의 양식'에 대해 지속적으로 깊은 성찰을 하였고, 이를 『말년의 양식에 관하여』라는 유작에 담았습니다. 그는 베토벤 말년의 작품들이 일반적인 예상을 벗어난다는

눈물 맺히는
이 찬란한 계절에

데 주목합니다. 거장의 후기작품에서 사람들은 당연히 원숙함과 조화로움을 기대하겠지만, 베토벤 말년의 작품들은 이와 반대되는 경향을 보입니다. 마치 더 높은 종합에 의해 화해되는 것을 애써 저항하며 남아 있는 듯하기도 하고, 어떠한 정해진 도식에 의해 규정되는 것을 거부하는 듯 보이는 경우도 많습니다. 에드워드 사이드는 이러한 경향이 결코 우연한 것이 아니라고 해석합니다. 그러면서 독일의 철학자이자 미학자인 테오도어 아도르노(1903~1969)의 언급을 인용합니다.

> 죽음의 손길이 스쳐간 거장의 손은 형태를 만들기 위해 사용하는 재료 덩어리를 자유롭게 놓아준다. 그 터진 곳과 갈라진 틈, 존재의 본질에 마주한 자아의 유한한 무력함의 증인이 바로 최종 작품이 된다.

에드워드 사이드와 테오도어 아도르노가 말하듯 베토벤의 마지막 사중주들은 생의 마지막에도 벗어날 수 없는 삶의 파편성과 비극성을 더 없이 진실하게 인정하는지도 모릅니다. 그러나 적어도 단편적으로나마 우리는 그 안에서 감사와 위안의 증언을 만나는 것은 분명합니다.

깊은 사유와 밀도 있는 감정을 담고 있는 후기 현악 사중주

당신이 내게
말하려 했던 것들

곡들은 처음 들으면 그 음악적 밀도 때문에 추상적으로까지 느껴지지만, 사실 풍요한 '이야기'의 보고라고 할 수 있습니다. 베토벤의 마지막 현악 사중주곡인 〈현악 사중주 제16번〉의 마지막 악장에 붙은 '어렵게 내린 결정Der Schwergefasste Entschluss'이라는 부제가 이 곡을 감상하는 이들에게 유독 깊은 인상을 주는 것도 후기 현악 사중주곡들의 독보적인 무게 때문일 것입니다.

베토벤은 이 부제와 함께 마지막 악장 도입부의 악보 여백에 "그래야 하는가Muss es sein?"라고 묻고, 이어서 "그래야 한다, 그래야 한다Es muss sein, Es muss sein!"라고 스스로 답하는 메모를 적어두었습니다. 우리에게도 잘 알려진 체코의 작가 밀란 쿤데라는 자신의 대표작『참을 수 없는 존재의 가벼움』에서 〈현악 사중주 제16번〉에 얽힌 이러한 일화를 실존철학적으로 해석하고 있습니다. 그는 베토벤이 인간의 삶을 진정 가치 있게 만드는 것으로 무거움과 필연성을 꼽았다고 말합니다. 베토벤은 그리스 신화의 아틀라스가 마치 하늘을 지고 있는 것처럼 인간을 각기 자신의 운명을 짊어지고 있는 존재로 보았다는 것이지요.

사실 여러 음악사가들이나 베토벤의 전기작가들은 이 메모가 실존적인 비장한 결단을 의미하는 것이 아니라, 재무관계

눈물 맺히는
이 찬란한 계절에

에 얽힌 일상의 작은 에피소드일 뿐이라고 말합니다. 이 소설을 계속 읽어보면 밀란 쿤데라 역시 이런 정황을 모르지 않았다는 것을 알 수 있습니다. 그는 오히려 일상의 작은 일화가 어느 사이엔가 심오하고 실존적이고 존재론적인 사건이 되어버린 것 자체가 소설의 주제를 잘 표현하고 있다고 생각하는 것 같습니다. 쿤데라는 '가벼움'과 '무거움' 사이에 존재하는 '아이러니'야말로 인간 존재와 인간의 삶을 관통한다는 것을 보여주려 합니다. 베토벤의 이 일화는 이러한 철학적 인식을 위한 탁월한 예입니다. 작가의 생각에 동의하든 하지 않든, 베토벤이 자신의 마지막 걸작과 함께 남긴 수수께끼 같은 메모는 음악사가들의 설명에도 불구하고, 이 음악을 들을 때마다 진지한 삶의 질문으로 다가옵니다.

한편 〈현악 사중주 제15번〉을 들으면 또 다른 각별한 감동을 느끼게 됩니다. 이 곡의 세 번째 악장에는 '병고에서 회복된 이가 하느님께 바치는 거룩한 감사의 노래'라는 인상적인 표제가 붙어 있습니다. 아마 〈교향곡 제9번〉의 세 번째 악장, 마지막 피아노 소나타인 〈피아노 소나타 제32번〉의 느린 악장인 '아리에타Arietta'와 함께 말년의 베토벤이 후세에 선사한 가장 숭고한 선율이라 할 만합니다. 베토벤의 실제 체험이 담겼다고 하는 〈현악 사중주 제15번〉의 3악장을 듣노라면,

결국은 미완성으로 남을 인간의 삶이지만, 그 안에는 놀랍게도 부드러운 빛과 따뜻한 희망이 담겨 있다는 것을 생각하게 됩니다.

베토벤의 현악 사중주곡들, 특히 후기의 곡들은 현악 사중주단의 음악적 역량에 대한 가장 엄정한 시험대라고 할 수 있는데, 그런 만큼 우열을 가리기 힘든 수많은 명연주들이 개성을 뽐냅니다. 부슈 현악 사중주단이나 부다페스트 현악 사중주단으로 대표되는 과거의 기념비적인 연주들과 함께 오늘날에도 많은 새로운 세대의 현악 사중주단이 뛰어난 녹음 기술에 힘입어 생생하고 참신한 연주들을 선보이고 있습니다. 그렇지만 이 곡에 입문하기 위해서나, 그리고 여러 연주를 섭렵한 후 결국 다시 듣게 되는 것도 오스트리아의 '알반 베르크 사중주단'의 연주라 하겠습니다. 그들은 현대 베토벤 현악 사중주 연주의 표준을 제시했다고 할 수 있습니다. 아쉽게도 2008년 긴 연주 경력을 마치고 공식적으로 은퇴를 선언했지만, 그들의 수많은 녹음은 귀중한 유산처럼 남아 있습니다. 그들의 연주로 〈베토벤 현악 사중주 제15번〉을 들으며 위대한 음악가가 신에게 느꼈던 숭고한 감사의 마음을 음미해봅니다.

눈물 맺히는
이 찬란한 계절에

세상의 모든 아침

아침마다 창문을 열고 쏟아지는 햇살을 맞이하곤 합니다. 그럴 때마다 예전에 본 영화 한 편이 생각납니다. 〈세상의 모든 아침〉이란 영화입니다. 한 번 듣고 나면 평생 잊히지 않는 멋진 제목이지요. 이 영화는 심오한 프랑스 작가이자 사상가로 꼽히는 파스칼 키냐르가 1991년에 출판해 그를 일약 유명하게 만든 동명소설을 바탕으로 한 작품입니다. 작가 자신이 시나리오 작업을 하고 알랭 코르노가 감독을 맡았지요. 많은 사람이 사랑했고 또 사랑하는 아름다운 작품입니다.

후기라고 할 수 있는 1996년 이후의 파스칼 키냐르의 작품들이 심오하고 쉽게 접근하기 어려운 난해함으로 분류된다면, 소설 『세상의 모든 아침』은 짧은 분량에도 불구하고 가슴을 울리는 이야기, 예술의 본질에 대한 심오한 통찰, 단순하고 투명하면서도 사유를 불러일으키는 매력적인 문장으로 많은 독자를 꾸준히 매혹하고 있습니다.

실존 인물을 소재로 하고, 여기에 자유로운 상상력을 더한 이 소설과 영화는 루이 14세 치하의 프랑스를 배경으로 하고 있습니다. 주인공 생트 콜롱브는 아내가 죽은 후 왕의 부름도 거부하고 명성에도 등을 돌린 채 두 딸과 시골의 오두막에서 은둔의 삶을 살아갑니다. 이야기는 오직 예술의 순수성만을 추구하고 죽은 아내를 갈망하며 지내는 위대한 음악가와 천재적 재능을 지닌 야심만만한 그의 제자 마랭 마레 사이의 관계를 축으로 전개됩니다. 두 사람은 모두 실존했던 음악가들이지요.

명성을 찾아 베르사이유 궁전으로 떠났던 마랭 마레가 오랜 시간이 지나 다시금 스승의 절대적 순수함에 이른 음악을 듣고자 몰래 오두막으로 찾아드는 장면은 이 작품의 백미입니다. 이 절정은 짧지만 저 깊은 곳에서부터 마음을 휘젓는 문

눈물 맺히는
이 찬란한 계절에

장으로 시작합니다.

세상의 모든 아침은 다시 오지 않는다.

많은 존경과 사랑을 나누었지만 아픔과 고통을 서로 안겼던 시간을 뒤로하고 이제 두 사람은 마지막이자 '처음'으로 스승과 제자로 마주하게 됩니다. 회한과 애증을 다 내려놓고 함께 비올라 다 감바로 슬픔과 아름다움과 갈망을 담아 〈눈물들Les Pleurs〉의 선율을 연주하는 장면은 이 소설의 대미를 장식합니다.

그들은 손가락으로 현을 짚었다. 그렇게 두 사람은 〈눈물들〉을 연주했다. 두 비올라 다 감바의 선율이 올라가는 순간 두 사람은 서로를 바라보았다. 두 사람의 눈에서 눈물이 흘렀다. 천창을 뚫고 들어온 빛이 오두막 안에 퍼졌고 그 빛은 어느새 노랗게 물들어 있었다. 눈물이 코에, 뺨에, 입술에 천천히 흘러내릴 때 두 사람은 동시에 웃었다. 마레 씨가 베르사이유로 돌아간 것은 새벽녘이 되어서였다.

파스칼 키냐르와 절친한 사이이며 이 소설에 영감을 준 사람이자, 이 영화의 지극히 아름다운 음악을 담당한 사람은 카탈루냐의 저명한 고음악 전문가 조르디 사발입니다. 그의 연주는 생트 콜롱브와 마랭 마레의 음악이 오늘날에도 깊은 감동을 준다는 것을 깨닫게 해줍니다. 조르디 사발이 지휘하고 연주한 이 영화의 오리지널 사운드 트랙 〈세상의 모든 아침 Tous les Matins du Monde〉은 고음악 앨범으로는 유례없는 사랑을 받았고, 비올라 다 감바의 아름다운 선율을 많은 이에게 알리는 계기가 되었습니다. 슬픔과 눈물의 아름다움을 말없이 체험하게 해주는 것, 그것은 음악이 인간에게 준 참으로 큰 축복이라는 것을 이 앨범을 들으며 실감합니다.

눈물 맺히는
이 찬란한 계절에

기
억
하
라

꽤 오랜 기간 외국에서 지내다 귀국한 지 얼마 되지 않아 벗들과 처음으로 대만을 여행할 기회가 있었습니다. 대만 여행에서 가장 인상적이었던 곳은 '지우펀'이라는 옛날 광산 지대였습니다.

바다가 멋지게 내려다보이는 높은 지대에 옛날 골목과 집들이 잘 보존되어 있어서 풍치가 그윽한 곳이었습니다. 찻집에서 좋은 사람들과 오룡차를 마시다 문득 창밖을 내다보았습

당신이 내게
말하려 했던 것들

니다. 창밖으론 막 해가 지기 시작할 무렵의 바다가 보였고, 그 경치는 절경이었습니다. 날이 어둑어둑해지자 하나둘씩 등이 켜지는 골목길은 낭만적이면서도 정취가 있어서 오래 머물고 싶었습니다. 그런데 사실 제가 그곳에 가고 싶었던 진짜 이유는 그곳이 대만 영화 〈비정성시非情城市〉의 무대이기 때문입니다.

1990년에 서울의 한 허름한 극장에서 이 영화를 본 기억이 오랜 시간이 지나도 잊히지 않을 만큼 인상적으로 남아 있습니다. 제주4·3사건이나 5·18민주화운동의 비극과 비교되기도 하는 대만의 2·28사건을 주제로 한 이 영화에서 지우펀은 시대의 폭력과 그 안에서 고통받고 희생되지만 고귀함으로 기억되는 사람들의 삶의 자리였습니다.

지금 이곳은 느긋한 차 한잔이 어울리고, 젊은이들의 즐거운 수다가 골목을 채우는 아름다운 관광지입니다. 가끔씩 보이는 '비정성시'란 간판이 그 영화가 말하던 슬픔의 시간을 아스라이 떠올리게 할 뿐입니다. 아마도 때가 되면 순리에 따라 과거에 일어난 비극의 흔적이 현재의 행복에 자리를 내어놓게 되겠지요. 그러나 과거의 비극을 망각하고 왜곡하는 것이 지금의 평안을 가져오는 길이라는 생각은 착각입니다. 오히려 기억을 지켜낼 때 희생의 자리에서 생명과 번영의 새로

눈물 맺히는
이 찬란한 계절에

운 싹이 나지 않을까요. 그러기에 기억하는 것은 과거와 화해하고 온전한 미래를 맞이하기 위한 정언명령이라 할 수 있습니다. 그러나 기억의 연약함 앞에서 '기억하라'는 명제는 인간의 의지와 양심을 요구하는 소명의 성격을 가지고 있다고 생각합니다. 도덕적 의무이자 종교적 응답이기도 하지요. '기억하라'는 양심과 신앙의 명령에 답하고 그 약속을 지키는 것이 얼마나 어렵고 힘든 투쟁인지 프리모 레비(1919~1987)의 마지막 저서 『가라앉은 자와 구조된 자』를 읽으며 실감하게 됩니다. 프리모 레비는 이탈리아 출신의 유대인 화학자이자 작가였습니다. 아우슈비츠의 생존자로 전후 증언문학의 중요한 인물이기도 했지요. 그는 유대인 학살에 대한 '기억의 정치학'을 두고 긴 세월 투쟁하였으나 지치고 절망하여 스스로 비극적 운명을 선택한 사람입니다. 그는 자신의 사상이 집약된 유서와 같은 이 저서에서 다음과 같이 비통하게 말합니다.

인간의 기억은 놀라운 도구인 동시에 속이기 쉬운 도구이다. 이는 새로울 게 없는 진실로, 굳이 심리학자가 아니라 하더라도 자신과 주변 사람들의 행동에 주의를 기울여본 사람이면 누구나 알 수 있는 사실이다. 우리 안에 누워 있는 기억은 돌 위에 새겨진 것이 아니다. 세월이 흐르면서 지워지고 종종 변형되며 심지어 상관없는 일들을 껴 넣으면서 자라나기도 한다.

더 나아가 프리모 레비는 우리에게 이러한 기억의 연약함이 가해자가 자신이 자행한 행위를 의식적, 무의식적으로 왜곡하고 책임과 짐을 피해자에게 전가하는 불의한 방식으로 나타나고 있음을 응시하라고 촉구합니다.

> 냉담하게 현실 그 자체를 변조함으로써 의식적으로 속이는 사람도 있지만, 닻을 올리고 일시적으로든 항구적이든 원래의 기억으로부터 멀어지면서 편리한 현실을 만들어내는 사람들이 더 많다. 그들에게 과거는 무거운 짐이다.

기억의 연약함은 치명적인 덫이자 도덕적 타락의 핑계가 됩니다. 이 기억은 무엇보다도 슬픔과 고통에 대한 기억일 테지요. 한 사회가 이러한 상황에서 구원받기 위해서는 '기억의 지킴이'가 존재해야 합니다. 20세기 후반 해방신학의 영감으로 자신의 정치신학을 제시한 요한 밥티스트 메츠 신부는 이러한 관점에서 '고통의 기억'을 간직하고 상기하는 것이 오늘날 그리스도를 따르는 신학의 시작이 되어야 한다고 주장하였습니다. 기억의 지킴이가 되는 것이 신앙인으로서의 실존과 본질적으로 닿아 있다는 것이지요. 독일인으로서 그는 무엇보다 '아우슈비츠의 기억'을 중요한 신학적 사유의 출발점으로 삼았지만, 각 시대의 양심은 역사에 더하여 새로운 고통과 슬픔의 기억을 만나고 도전받게 됩니다. 우리 사회의 위안부 할머니들, 강제 징용 노동자들, 세월호 희생자들이 의미하는 것을 떠올리면 이러한 과제는 분명해집니다.

기억의 지킴이가 된다는 것은 지난한 일입니다. 연민만이 아니라 용기를 필요로 하는 것이고, 분노만이 아니라 이해하려는 집요한 의지를 필요로 합니다. 그러나 인간의 기억이 왜곡과 망각의 위험 속에 처해 있다는 사실을 각 개인의 의지만으로, 공동체의 역사의식만으로 극복할 수 있다고 믿는다면 그것은 지나친 낙관주의이거나 오만함일지도 모릅니다. 결국 '기억하라'는 인간적인 모든 노력을 넘어서는 난관과 만나게 될 것입니다. 어쩌면 우리는 기억과 진실의 마지막 희망이 하느님이시라는 겸손과 신뢰 없이는 이 사명을 끝까지 지켜갈 수 없을지도 모릅니다.

세월호의 시간 속에서 하느님을 따르는 사람들이 먼저 우리 사회를 위한 기억의 지킴이가 되기를 간절히 소망해봅니다.

반더러, 순례자, 산책자

예부터 사람들은 심지를 맑고 굳건히 하기 위해 '걷기'를 즐겼습니다. 집 앞의 나지막한 구릉지를 완보하든, 여유롭게 도시를 음미하며 주유하거나 공원과 들판을 산책하든, 아니면 광야를 횡단하여 험한 산과 자갈길로 이어지는 순례의 길을 묵묵히 가든, 많은 이가 걷는 것을 통해 족쇄와 안대 같았던 자신의 한계를 넘어 실상과 실재에 뿌리내린 인식과 결심에 도달했던 것입니다.

눈물 맺히는
이 찬란한 계절에

'걷기'와 함께 막연한 불안과 혐오를 이겨내고, 이웃과 공감하고, 올바르게 판단하는 생각과 마음의 깊이를 더하기를 희망합니다. 이런 바람을 가지고 있을 누군가에게 훌륭한 동반자가 되어줄 책을 만나게 되어 반갑습니다. 영향력 있는 저술가 중 한 명인 리베카 솔닛의 『걷기의 인문학』이 다시 번역되어 출판되었지요.

리베카 솔닛은 '맨스플레인Mansplain'이라는 말을 유행시킨 페미니스트로, 현실적이고 실제적인 안목을 지녔다고 평가됩니다. 또한 매우 깊고 넓은 인문학적 식견과 섬세한 공감의 능력을 지닌 저술가이기도 하지요. 이 책에서 그녀의 저술가로서의 미덕들을 잘 볼 수 있습니다.

이 책의 원제는 '반더루스트Wanderlust'라는 독일어로, '걷기의, 방랑의, 산책의 욕구'라는 뜻을 가지고 있습니다. 이 제목은 현재에 안주하지 않고 새로움과 이상을 찾아 나서는, 낭만주의가 남긴 최고의 유산들을 연상하게 하며 내용도 이에 값합니다. 또한 잘 검토된 풍부한 자료와 문헌적 정보들을 바탕으로 한 예리하고 창조적인 구성력과 직관으로, '걷기'라는 인간학적 현상에 대한 역사적, 문화적 계보학을 제시하고 있습니다. '걷기의 역사A History of Walking'라는 부제가 참 잘 어울립니다. 서문에서 그녀는 '걷기'를 새롭게 보고 실천하는

당신이 내게
말하려 했던 것들

것이 얼마나 큰 의미를 가지는지 독자에게 설득력 있게 보여 주고 있습니다.

솔닛은 '걷기'를 주제로 삼는 것이 누구나 하는 일상적 행위에서 '특수한 의미'를 보는 법을 배우는 좋은 예라고 합니다. 역사와 문화라는 큰 맥락에서 '걷기'를 조망하는 것이며, 그러면서도 각 개인의 살아 있는 흔적을 감지하려 애쓰는 것이지요. 사람들이 걸어가면서 생겨난 수많은 것들, 즉 골목과 통행로 같은 장소, 순례와 산책 같은 활동, 이런 과정에서 자라난 문학적 상상력과 이야기, 그것들을 적어둔 책들이 걷기의 역사를 만듭니다.

리베카 솔닛은 '걷기'를 그윽하고 구체적으로 성찰하여, 독자가 개인의 인생길이 가지는 고유함에 대해 알고 그 길을 존중하게 합니다. 그리고 이는 사람들이, 즉 우리가 협력을 통해 인간적인 세계를 만들어가는 존재라는 근원적 희망과 신뢰로 이어집니다.

이 우아하고 지적인 책은 '걷기'라는 하나의 예를 통해 평범한 사람들이 매일매일 경험하고 수행하는 일상의 실천이 얼마나 중요한 것인지를 보다 깊이 통찰하게 합니다. 이는 사실 오늘날처럼 각 개인의 중요성과 대체 불가능함이 가차 없이 부정되는 시대에 굳건히 지켜져야 할 사상입니다.

눈물 맺히는
이 찬란한 계절에

또한 리베카 솔닛은 『걷기의 인문학』에서 성지순례에 대해서도 음미할 만한 단상들을 적고 있습니다. 거기에 '은총을 찾아가는 오르막길'이라는 제목을 붙였더군요.

그녀는 자신을 그리스도교 신자라고 생각하지는 않지만, 성지순례가 지닌 정신적, 문화적 의미에 대해서는 많은 관심을 가지고 있었습니다. 정치적 변혁의 역사 속에서 평화적 가두행진의 심대한 역할들을 돌아보고, 이를 순례길에 오른 사람들의 헤아리기 어려울 정도로 간절했을 마음과 연결해 생각해보기도 합니다. 그녀의 글에서 우리는 신자들이 성지순례에 오를 때 기억하면 좋을 만한 여러 인상적인 구절을 만나게 됩니다.

그녀는 친구들과 함께 광야를 걸으며 뉴멕시코의 유서 깊은 성지인 치마요의 성당을 순례하던 중에 성지순례에 대해 깊이 생각하는 기회를 가졌습니다. 이 경험은 그녀가 성지순례라는 '걷기'가 가진 각별한 의미를 이해하는 계기가 됩니다.

솔닛은 순례에서 핵심이 되는 것은 무엇인가를 찾으려 애쓴다는 데 있다고 말합니다. 그런데 여기에서 더 중요한 것은 순례라는 행동의 근본적인 목적이 '자기 자신을 변화시키는 것'에 있다는 사실입니다. 순례를 이끄는 원동력이 영혼의 가장 내밀한 갈망과 그 갈망을 담는 나의 몸에 있는 것이지요. 자발적으로 몸을 고되게 하는 길고 긴 걷기를 통해서 표현되는 깊은 갈망이 순례를 특별하게 만듭니다. 순례는 오직 구체적인 '몸'의 수행을 통해서만 고귀한 종교적 이상이 체현될 수 있다는 것을 실감하게 합니다. 이러한 맥락에서 순례지가 대체될 수 없는 유일한 장소이며, 성지에 있는 특정한 대상들, 예를 들어 우물, 성당, 동굴 등이 각별한 의미를 지닌 성지순례의 대상이라는 것도 결코 우연적이고 부차적인 문제가 아닙니다.

솔닛은 성지순례에 대한 성찰을 통해 '물질적 현존'이 종교 체험에서 차지하는 위치를 재정립하는데, 이는 우리에게 중요한 영감을 줍니다. 물질적 요소가 자주 경시되는 여러 형태의 종교적 명상에 비판적인 성찰이 필요하기 때문입니다. 성지순례에서 나의 몸과 고유한 장소로서의 성지와 순례지의 거룩한 물건들은 결코 영적 이념을 통해 탈각될 수 없는 가치를 지닙니다. 이를 통해 물질적 현존은 종교적 체험에서 제거되어야 하는 것이 아니라 오히려 그 본질과 통한다는 것을 배우게 됩니다.

산책과 걷기의 역사에 대하여 개인적 경험과 내적 성찰을 통해 길어 올린 에세이이자 풍부한 문헌을 잘 소화해낸 연구서인 이 책의 흥미로운 또 하나의 주제는 '플라뇌르Flâneur'에 대

눈물 맺히는
이 찬란한 계절에

한 탐구입니다. 플라뇌르는 산책자라는 뜻으로, 산책자의 도
시로 자주 이상화되곤 했던 파리를 삶의 자리로 삼는 사람들
을 말합니다. 이 부분을 읽기 시작할 때, 오랜만에 게리 무어
의 절세 명곡인 〈파리지엔의 산책길Parisienne Walkways〉이 듣
고 싶어지기도 했고, 언젠가 가본 적 있는 몽마르트의 언덕길
과 센강의 낭만스러운 풍경도 떠올랐습니다. 하지만 『걷기의
인문학』에서 탐구하는 파리는 그저 낭만적인 여행의 장소가
아니라 투철한 인식의 자리입니다.

그녀가 '플라뇌르'를 탐구하면서 언급하는 중요한 사상가에
는 발터 베냐민, 해나 아렌트와 함께 역사학자이자 인류학
자이고 문화학자이자 독창적인 철학과 신학의 경지에 올랐
던 미셸 드 세르토가 있습니다. 그는 명저 『일상생활의 실천
L'invention du quotidien I』에서 별스러울 것 없어 보이는 일상적
인 일들에 관련된 '기예'들이 얼마나 심오한 의미를 담고 있
는지 탐구합니다. 또한 그는 '일상생활의 실천'이야말로 인간
학과 문화철학이 시작되는 자리여야 한다고 이야기합니다.

세르토는 머리말에서 이 책을 '일상의 영웅들'인 모든 익명
의 사람들에게 헌정한다고 밝힙니다. 대단할 것 없는 평범
한 사람들이 매일 반복되는 일상을 되풀이하며 수행하는 것
은 사실 각자가 자신의 고유한 흔적을 세상 안에 새기는 것

이며, 세상을 만들어가는 방법인 것입니다. 세르토는 이러한 일상의 실천 중에서 도시를 걷는 행위를 각별히 주목합니다. '일상의 영웅들'은 늘 움직이고 걸으며 죽어 있는 공간에 매일의 의미를 부여하는 것이지요. 솔닛의 글과 함께 세르토 신부의 책을 읽으니 오늘날 가톨릭교회의 쇄신을 이끄는 교황 프란치스코가 떠올랐습니다.

프란치스코 교황은 예수회 신부이기도 했던 미셸 드 세르토 신부에게 많은 영향을 받았으며, 그의 사상과 영성을 매우 높이 평가한다고 공개적으로 밝힌 바 있습니다. 우리 시대의 가장 중요한 문헌 중 하나로, 세상에 대한 교회의 태도를 새롭게 정향시킨 교황의 복음적 권고『복음의 기쁨』에서 프란치스코 교황은 '시간이 공간보다 중요하다'는 원칙을 강조합니다. 이 원칙에 대한 교황의 설명과 권고는 세르토 신부의 사상과 통한다고 생각합니다.

> 시간은 우리 앞에 언제나 열려 있는 지평의 표현으로서 충만함과 관련되지만, 개별적인 순간들은 제한된 공간 속에서 살아가는 한계의 표현입니다. 사람들은 개별적인 매 순간을 살아가는 동시에, 우리의 최종 목적인 낙원의 미래로 이끌어주는 더 위대하고 밝은 지평을 살아

갑니다. 여기에서 국가 건설의 진전을 위한 첫째 원칙이 나옵니다. 곧 '시간은 공간보다 위대하다'는 원칙입니다. (222항)

이 원칙은 눈앞의 즉각적인 결과에 집착하지 않고 장기적으로 천천히 확실하게 일할 수 있도록 해줍니다. 이는 어렵고 적대적인 상황을 이겨내고, 현실의 힘이 강요하는 계획의 변경을 참을성 있게 견뎌내도록 도와줍니다. 또한 우리가 충만함과 한계 사이의 긴장을 받아들이고 시간을 우선시하도록 초대합니다. 우리가 이따금 사회 정치 활동에서 보는 잘못들 가운데 하나는 공간과 힘을 시간과 진전보다 더 중시하는 것입니다. 공간을 우선시한다는 것은 자신을 내세우는 권력의 공간들을 독점하고 모든 것을 현재에 가두어두려고 하는 무모한 시도를 의미합니다. 이는 과정을 고착시켜 진전을 가로막습니다. 시간을 우선시한다는 것은 공간들을 장악하기보다는 진전의 과정들을 시작하는 것에 더 관심을 갖는다는 의미입니다. 시간은 공간을 지배하고 밝혀주며, 그것들이 퇴보하지 않고 계속해 확장되는 연결 고리로 만들어줍니다. (223항)

교황의 통찰은 일상에서 벌어지는 작은 이들의 분투가 얼마나 소중한지를 깨우쳐줍니다. 그리고 '시간'이라는 지평 속에서 각자의 노력이 모여들고, '공간'으로 표상되는 역사와 체제라는 거대한 벽도 인간다움을 향한 연대의 힘은 이겨내지 못하리라는 희망을 알려주고 있습니다.

세르토 신부의 연구에서 영감을 얻은 리베카 솔닛이 '걷기의 인문학'을 꿈꾸며 우리에게 전하는 호소도 결국 이러한 연대에의 촉구일 것입니다. '걷기'라는 일상적인 행위이자 실천에 주목할 때, 역사와 공간이 이루는 거대한 세계가 사실은 인간에게 또 각각의 사람들에게 귀속됨을 새삼 발견하게 된다는 것이지요. 그리고 각 개인이 나름의 길을 걸어가고 있고 이러한 생의 발걸음들이 만나 쌓여간다는 사실도 깨닫게 됩니다.

눈물 맺히는
이 찬란한 계절에

2

길을 걸었어, 봄이더군

What
you
tried to
say to
me

이
아
름
다
운

5
월
에

슈만을 좋아합니다. 그의 리트(독일 가곡)와 피아노곡들을 들을 때마다 '낭만'에 대하여 생각합니다. 독일의 낭만주의 음악가 로베르트 슈만(1810~1856)은 정신착란이라는 지병을 끝내 이기지 못하고 마흔여섯이라는 아까운 나이에 생을 마쳤고, 생의 마지막 시기는 정신병원에서 보내야 했습니다. 이처럼 비극적 그림자가 그의 일생에 드리워져 있지만, 건강하던 시절 슈만은 '감성'과 '교양'을 높은 수준에서 겸비하며 낭만주의의 정수를 보여주었습니다.

슈만은 문학적 소양이 풍부했던 독서가였고 필력 또한 뛰어났습니다. 이는 그가 낭만주의 음악운동에 중요한 기여를 한 『음악신보Neue Zeitschrift für Musik』라는 잡지를 창간하고, 10년 이상 그 잡지의 편집장으로 일하는 기반이 되었습니다.

영국의 유명한 첼리스트로서 클래식 음악이 대중에게 가까워지도록 지속적인 노력을 한 스티븐 이설리스는 슈만의 글 「젊은 음악가를 위한 조언」에 자기 자신의 경험과 의견을 곁들여 『젊은 음악가를 위한 슈만의 조언』이란 책을 썼습니다. 이 책에서 발견한 다음과 같은 조언은 매우 인상적이었습니다.

> 기존의 작곡가들은 깍듯이 존경하고, 새로운 이들에게도 따뜻한 관심을 주어라. 당신이 모르는 이름이라고 해서 선입견을 가지지 말라.

이는 음악가에게만 해당되는 것이 아니라 우리가 사람을 대하는 태도에 있어서도 필요한 지혜이겠지요. 슈만은 음악의 형식과 내용의 상관관계에 대해서도 설명합니다.

> 당신이 형식을 이해하기 전에는 그 작품의 의미가 명확하

길을 걸었어,
봄이더군

게 와닿지 않을 것이다.

우리는 흔히 낭만주의에 대해 '감정과잉' 내지 '감상주의'에 젖어 있다는 편협한 이해를 합니다. 슈만은 그러한 낭만주의의 정점에 있는 음악가이며, 여러모로 파란만장한 생애 때문에 더 그런 인상을 줍니다. 그러나 이러한 슈만의 언급을 통해, 낭만주의의 감성적 표현들의 심저에는 지성적 통찰력 역시 자리한다는 것을 생각하게 됩니다. 그리고 슈만이 얼마나 음악의 정신적 의미를 잘 이해한 작곡가였는지도 발견하게 됩니다.

슈만에게 막 서른이 된 1840년은 음악가로서나 한 인간으로서나 각별한 의미를 가진 해였습니다. 그해 가을에 장인 프리드리히 비크의 오랜 반대를 이겨내고 마침내 연인 클라라 비크와 결혼도 하게 되었으니 가장 행복한 때이기도 했겠지요. 하지만 음악가로서도 창작력과 경력의 절정에 다다른 때였습니다. 슈만은 이미 20대에 음악계에서 놀라운 일을 많이 이루어냈었지요. 〈어린이 정경Kinderszenen〉과 〈크라이슬레리아나Kreisleriana〉 같은 피아노 독주곡의 걸작들을 내놓았고, 직접 『음악신보』를 창간하고 새로운 음악비평의 방향을 제시하면서 영향력 있는 음악평론가로도 인정받게 되었습니다.

1840년에 슈만은 수많은 걸작 가곡을 쏟아내면서 그의 작곡 능력이 절정에 달했음을 다시 한번 보여줍니다. 위대한 바리톤 디트리히 피셔디스카우를 비롯해 많은 음악 전문가가 최고의 걸작으로 꼽는 작품번호 24와 39의 두 개 가곡집 〈리더크라이스Liederkreis〉도 이 시기의 작품입니다.

슈만은 첫 번째 〈리더크라이스〉는 자신이 좋아하던 하인리히 하이네의 시에, 두 번째 가곡집은 독일의 후기 낭만주의 문학을 꽃피게 한 요제프 아이헨도르프의 시에 곡을 붙였습니다. 두 번째 가곡집에서 다섯 번째 곡인 〈달밤Mondnacht〉은 슈만의 가장 널리 알려진 가곡 중 하나이자 가장 뛰어난 작품으로 평가받고 있습니다. 사실 자연에 대한 외경과 영혼의 일체감이라는 후기 낭만주의의 주제를 간결하지만 절묘하게 그려낸 아이헨도르프의 시 자체가 걸작이지요.

아델베르트 폰 샤미소의 시에 곡을 붙인 아름다운 가곡집 〈여인의 사랑과 생애Frauenliebe und Leben〉 역시 같은 해에 작곡되었습니다. 그리고 슈만의 가장 사랑받는 가곡집 역시 그해 5월에 탄생합니다. 바로 하인리히 하이네의 시에 곡을 붙여 작곡한 16곡의 연가곡 〈시인의 사랑Dichterliebe〉입니다.

〈리더크라이스〉〈여인의 사랑〉〈시인의 사랑〉 모두 슈만을 대표하는 걸작들이지만, 그중에서도 클라라와의 사랑을 생각하며 쓴, 젊은 슈만의 마음이 가장 직접적으로 담겨 있는 〈시인의 사랑〉은 아마도 슈베르트의 〈겨울 나그네〉와 함께 가장 유명하고 사랑받는 독일 가곡이라 할 만합니다. 유독 5월이면 이 연가곡이 생각나는데, 무엇보다도 첫 번째 노래인 〈아름다운 5월에Im wunderschönen Monat Mai〉 때문이 아닐까 싶습니다. 5월을 시작하며 이 곡을 듣는 것은 봄날을 만끽하는 참 근사한 방법 중 하나입니다.

> 놀랍도록 아름다운 5월, / 꽃봉오리들이 모두 피어났을 때 / 이제 나의 마음속에도 / 사랑의 꽃이 피어났네 / 놀랍도록 아름다운 5월, / 새들이 모두 노래할 때 / 나도 그녀에게 고백했네 / 나의 그리움과 갈망을.

단순하고 간결한 시어에 말할 수 없이 아름다운 멜로디가 함께한 곡입니다. 이 곡에 대해 영국의 피아니스트 그레이엄 존슨은 문을 열었을 때 아름답게 만개한 정원을 보고 감탄하며 황홀해하는 느낌을 받는다고 절묘하게 표현하기도 했습니다. 이후 정신질환으로 고통을 겪다 요절하는 슈만의 생애를 생각하면 이 아름다운 곡이 왠지 애처롭게 들리기도 하지만, 다른 한편으로 '인생은 짧고 예술은 길다'는 격언이 헛된 말이 아니라는 생각을 하게 됩니다.

수많은 피아니스트와 음악애호가는 슈만의 곡 중에서 피아노곡을 높이 평가하고 각별히 여기지만, 그럼에도 〈시인의 사랑〉은 슈만의 모든 음악 가운데 가장 큰 사랑을 받는 작품일 것입니다. 듣고 또 들어도 질리지 않습니다. 그래서인지 이 곡이 담긴 좋은 음반들이 그렇게 많은데도, 새로운 녹음본이 출반되거나 옛 음반들이 복각되면 관심을 가지고 들어보게 됩니다.

처음 이 곡과 친해진 계기는 독일의 테너 페터 슈라이어가 낭랑한 목소리로 노래한 덕분이었습니다. 카세트테이프에 담긴 〈시인의 사랑〉을 테이프가 늘어질 때까지 들었던 것 같습니다. 대표적인 것은 요절한 독일의 명테너, 프리츠 분더리히의 음반과 차분하고 지적인 디트리히 피셔디스카우의 바리톤 음성을 들을 수 있는 음반입니다. 이런 음반들과 함께 이 곡을 좋아하는 마음은 점점 커져갑니다.

각별히 아끼는 버전도 있습니다. 1935년의 모노 녹음 음반이지만, 그 고풍스러운 정취가 참으로 아름다워서 잊히지 않는 스위스의 바리톤 샤를 팡제라의 노래입니다. 어린 시절 클래식 라디오 방송에서 들으며 황홀해했던 기억이 납니다. 팡제라의 노래에, 피아노는 프랑스의 명피아니스트 알프레

드 코르토가 맡았지요. 〈시인의 사랑〉은 그 외에도 워낙 좋
은 음반들이 많은 작품입니다. 최근 녹음된 이언 보스트리지
나 마티아스 괴르네의 음반 역시 이 곡의 아름다움을 새삼
느끼게 해줍니다.

누가 노래하든 슈만의 이 연가곡은 마음속의 동경을 일깨워
줍니다. 그리움과 갈망이 귀한 것은 살아 있고, 사랑할 수 있
다는 것의 기쁨을 느끼게 하기 때문입니다. 봄은 그런 때여
야 합니다.

당신이 내게
말하려 했던 것들

나의 숲, 나의 정원

봄비가 내린 어느 날 극장으로 영화를 보러 갔습니다. 우리
나라 영화 〈리틀 포레스트〉입니다. 이 영화의 원작은 동명의
일본 만화로, 저자인 이가라시 다이스케의 귀농생활을 주제
로 한 작품입니다. 일본에서 수많은 상을 받았고, 우리나라에
도 이 작품을 좋아하는 사람이 꽤 많은 것으로 압니다. 일본
에서는 모리 준이치 감독과 하시모토 아이 주연의 〈리틀 포
레스트: 여름과 가을〉〈리틀 포레스트2: 겨울과 봄〉, 이렇게

2편으로 영화화되었고 우리나라에서도 입소문으로 호평이
나 있지요. 원작인 만화와 일본 영화 모두 잔잔하고 편안하면
서 간간이 삶의 의미를 음미할 만한 경구를 던져주는 좋은 작
품들이었습니다. 일본의 집밥을 지켜보는 재미와 영화를 통해
감상하는 아름다운 시골 풍경들도 좋았습니다.

2018년에 개봉한 한국판 〈리틀 포레스트〉는, 임순례 감독이
우리나라 정서에 맞게 번안한 작품입니다. 그녀는 사람 사이
의 관계를 잘 조명하고 살피는 진솔한 영화들로 관객들에게
큰 신뢰를 얻고 있습니다.

영화가 참 좋았습니다. 안 그래도 모두에게 여러 가지로 위
로와 힐링이 필요한 시기에 꼭 권하고 싶은 기대 이상의 영
화였습니다. 잔잔한 흐름에 미소 지으며 몸과 마음을 맡기게
하면서도, 나른하기보다는 기운이 나게 하는 영화였습니다.
의성군의 한 시골 동네의 정취와 풍광도 아름다웠고, 솔직하
고 생기 있는 김태리, 류준열, 진기주 등 젊은 배우들의 모습
도 좋았습니다. 평온함을 놓치지 않으면서도 원작에는 별로
두드러지지 않았던 주인공 혜원과 어머니의 관계, 분투하며
살아가는 젊은이들의 현실, 삶과 대면하며 자신을 지키고 회
복력을 지닌 성숙한 사람으로 성장하는 길을 적절히 포착한
것도 인상적이었습니다.

그리고 맛깔스럽고 건강한 제철음식을 요리하는 장면도 빠질 수 없었습니다. 무엇보다 영화에서 새롭게 길어내고 있는 삶의 격언들도 곱씹을 만합니다. 영화는 개봉 시기에 어울리게 봄에서 시작해 사계절을 보내고 다시 봄을 맞이하며 끝을 맺습니다. 아니, 이제 다시 시작하는 것이지요. 늘 봄이 그러하듯 말입니다.

영화를 다 본 후, 저 나름대로 '내 안에 나의 숲, 나의 정원을 간직하자'라고 영화의 메시지를 정리해보았습니다. 귀농은 이 메시지를 위한 상징일지도 모릅니다. 살다가 지쳐 쓰러지고, 또 어디로 가야 하는지 모를 때, 다시 생명력을 회복할 수 있는 곳을 우리는 나름대로 틈틈이 가꾸고 찾아야 한다는 것입니다. 힘들 때 찾아갈 수 있는 나만의 치유 공간은 곧 행복의 비밀이지 않을까요. 그 공간에 따스한 사람의 온기까지 더해진다면 더욱 좋겠지요.

임순례 감독의 〈리틀 포레스트〉를 보며 잔잔한 음악이 참 좋다 싶었습니다. 엔딩곡인 융진의 〈걷는 마음〉도 가슴을 뭉클하게 만들었습니다. 그렇지만 이 영화와 함께 개인적으로 떠오른 음악이 있습니다. 스위스의 재즈 피아니스트 티에리 랑의 너무나 아름답고 명상적인 곡 〈나의 정원Private garden〉입니다.

길을 걸었어,
봄이더군

1993년 발매된 마치 깨질 듯 아름다운 머리곡과 동명의 앨범은 그에게 세계적 명성을 안겨 주었습니다. 20년 후 새롭게 녹음한 앨범 〈서레너티Serenity〉에서 듣게 되는 새로운 해석은 조금 덜 외롭고 조금 더 풍성합니다. 물론 둘 다 좋습니다만, 마치 일본 음식과 한국 음식의 차이 같다고 할까요. 'Serenity'라는 단어의 의미는 맑음, 청명함, 평온함입니다. 영화를 보고 받은 바로 그 느낌이지요. 나의 정원, 나의 숲에서 벗들과 함께 이런 마음을 얻고 싶습니다.

화
양
연
화

봄은 막차처럼 떠나고 여름의 문턱을 한 발 넘어선 순간이 있습니다. 그때마다 왠지 봄 정취를 다 즐기지도 못하고 이 좋은 계절을 보내는 것 같아 아쉬울 따름입니다. 봄과 여름이 살짝 겹치는 밤에 여기저기 마음의 흔적을 더듬으며, 봄에만 만날 수 있었던 심상들을 마지막으로 다시 떠올리게 됩니다.

가만 돌이켜보면 벚꽃이 핀 것을 보며 그 화사한 아름다움에

길을 걸었어,
봄이더군

좋아하고 즐거워하다가도, 이내 그것이 지는 것을 생각하며 아련한 아픔과 무상함에 이유 없이 슬퍼지곤 했던 것 같습니다. 그런 마음은 매년 찾아오는 감기처럼, 내년 봄에도 어김없겠지요.

봄을 즐기지 못했던 것도 아닙니다. 따스한 볕을 받으며 원 없이 산책도 했고, 꽃들이 분수를 이루는 시절이니 꽃구경을 못 했을 리도 없습니다. 모임이 많은 시절이고 지인들과 만나는 반가운 자리가 부족하지도 않습니다. 그럼에도 그 좋은 것들이 그냥 스쳐 지나가고 흘러가 버린 듯한 쓸쓸한 마음이 이 드는 이유가 무엇인지 늘 궁금하였습니다. 사람 마음이 본래 아름다운 시기, 좋았던 때가 지나갈 때면 감사하기보다는 잡아두지 못해 슬퍼지는 것이 앞서기 때문일까요? 혹은 이 좋은 때에 나만 행복하지 못하다는 생각이 숨어 있기라도 한 것일까요?

그럴 때면 왕가위 감독의 〈화양연화花樣年華〉가 떠오릅니다. 영화도 좋지만, 무엇보다 제목 때문이지요. 묘하게도 '인생에서 가장 아름다운 때'라는 이 제목에서 누구나 애잔한 슬픔을 연상하게 됩니다. 감독 역시 이 멋스러운 제목을 붙일 때 사람들이 이 제목에서 애잔한 마음을 떠올리리라는 것을 짐작했을 테지요.

당신이 내게
말하려 했던 것들

왜 사람들은 행복한 시간에 군이 상실의 그림자를 보게 되는 것일까요? 행복한 순간이 흘러가야 다른 행복한 순간이 오는 것이 이치인데, 그걸 믿지 못하기 때문일까요? 쓸쓸한 마음에 이렇게 자문하다가, 구약성서에 나오는 '세속현자'인 코헬렛의 권고를 곰곰 새겨봅니다.

"행복한 날에는 행복하게 지내라." (코헬 7, 14)

좋은 것을 그늘진 마음 없이 즐기기가 말처럼 쉬운 일은 아닙니다. 좋은 것을 누리면서도 기뻐할 줄 모르거나, 행복한 순간에도 그것을 잃을까 두려워하는 마음이 앞서곤 하지요. 그래도 애를 써야 합니다. 인생에는 좋았던 순간에 집착하며 사라지는 것을 미리 두려워하고 서글퍼하는 것과는 다른 길이 있기 마련입니다. 우리는 그 길을 배워야 합니다.

이렇게 봄을 보내며 마음이 심란할 때면 러시아의 위대한 작가 안톤 체호프(1860~1904)의 마지막 작품인 희곡 『벚꽃 동산(벚나무 동산)』에 담긴 쓸쓸한 정서가 남의 일 같지 않습니다. 우리말과 독일어 번역으로 이 작품을 읽어보기도 했고, 기회가 되어 공연으로 몇 번 직접 보기도 했습니다. 세월이 지나면서 조금씩 이 작품에 대한 공감이 깊어가는 것을 느낍니다.

『벚꽃 동산』에서 중심이 되는 인물들은 라네프스카야라는 몰락한 여지주와 그녀의 딸 아냐입니다. 그들은 격변기 러시아의 구세대와 신세대를 각각 대표한다고 볼 수 있습니다. 라네프스카야 같은 구세대의 인물들은 과거에 사로잡혀 새롭게 변화하기 위한 걸음을 내딛지 못합니다. 환상으로 도피하거나 무기력에 빠져 있는 이들의 안타까운 모습에 관객도 함께 덧없음과 슬픔의 정서에 사로잡히게 됩니다. 극의 마지막 장인 4장의 마지막 지문이 이를 절묘하게 요약하고 있습니다.

먼 곳의 소리가 마치 하늘에서 들려오는 것 같다. 끊어진 줄의 구슬픈 소리가 사라져간다. 정적이 다가오고, 멀리 동산에서 사람들이 도끼로 나무를 찍는 소리만 들려온다.

그러나 체호프가 이 희곡에서 진정으로 하고 싶었던 이야기는 아냐와 같은 새로운 세대들은 구세대와는 다른 삶의 길을 선택해야 한다는 절실한 호소일 것입니다. 그러기에 3막에 나오는 아냐가 어머니를 위로하고 용기를 주는 장면은 저자의 진심이 담긴 것이지요. 새로운 세대를 상징하는 아냐는 몰락의 한복판에서 생의 의지를 새롭게 다집니다.

당신이 내게
말하려 했던 것들

"엄마! 엄마, 우는 거야? 사랑스럽고 선량하며 훌륭한 나의 엄마, 아름다운 엄마. 엄마를 사랑해요. 엄마를 축복해요. 벚나무 동산은 팔렸고, 이미 존재하지 않아요. 그건 사실, 사실이에요. 하지만 울지 말아요, 엄마, 여기서 떠나요! 이것보다 더 아름다운 새로운 동산을 만들어요. 엄마는 그걸 보고 알게 될 거예요. 기쁨이, 고요하고 깊은 기쁨이 마치 저녁 시간의 태양처럼 엄마의 영혼 위로 내려앉는 것을요. 그러면 엄마는 미소 지을 거에요. 엄마! 가요, 엄마! 떠나요."

독일어 번역의 해설을 보면 체호프는 이 작품에 굳이 '희극(코미디)'이라는 명칭을 고집하였고, 유명한 연출가인 콘스탄틴 스타니슬랍스키와 작품 해석에 대해 토론하며 비참함을 강조하는 자연주의나 비애감에 젖은 분위기를 반대했다고 합니다. 이는 이 극에 쓸쓸한 분위기가 흐름에도 불구하고, 체호프가 이 극에서 말하고자 하는 근본정신이 '삶의 덧없음 앞에서도 꿋꿋이 서 있는 의지'임을 나타내는 것이지요.

인생의 덧없음에 사로잡힐 때, 『벚꽃 동산』과 함께 떠오르는 희곡이 한 편 더 있습니다. 미국의 작가 손턴 와일더(1897~1975)의 『우리읍내』입니다. 운 좋게도 이 작품 역시 실제로 공연을 볼 기회가 있었습니다. 이 작품은 죽음에 대해 이야기하고 있습니다. 곧 '삶이란 무엇인가'란 질문이기도 하지요. 죽음이라는 거울에 비추어볼 때 비로소 삶이 절실해지기 때문입니다. 죽음을 통해서 사람들이 깨닫게 되는 삶의 소중함을 애잔하게 그리고 있는 이 작품은 작가의 아름다운 소설 『산 루이스 레이의 다리』와 함께 현대의 고전으로 인정받고 있습니다. 목사의 아들로 태어난 손턴 와일더의 이 2편의 대표작은 모두 깊은 신학적, 종교적 사유를 함축하고 있습니다. 『우리읍내』는 젊은 주부 에밀리가 죽고, 막 죽은 이들의 세계인 마을의 무덤가로 오는 장면에서 시작합니다. 그녀는 단 한번이라도 산 이들의 세계로 돌아가기를 간절히 원했고, 마침내 행복했던 열두 살 때의 어떤 하루로 되돌아가는 기회를 갖게 됩니다. 다시 찾은 이승에서 그녀는 사람들이 그들의 소중한 하루하루를 얼마나 무심하고 맹목적이고 이기적으로 보내며 허무하게 사는지를 깨닫고 비통함에 말합니다.

"몰랐어요. 모든 게 그렇게 지나가는데, 그걸 몰랐던 거예요. 데려다주세요. 산마루 제 무덤으로요. 아, 잠깐만요. 한 번만 더 보고요. 안녕, 이승이여, 안녕. 우리 읍내도 잘 있어. 엄마, 아빠. 안녕히 계세요. 째깍거리는 시계도 해바라기도 잘 있어. 맛있는 음식도, 커피도, 새 옷도 따뜻한 목욕탕도, 잠자고 깨는 것도. 아, 너무나 아름다워 그 진가를 몰랐던 이승이여, 안녕.”

곧이어 그녀는 절망적으로 묻습니다. “살면서 자기 삶을 제대로 깨닫는 인간이 있을까요? 매 순간마다요?” 이런 그녀의 질문에 작가의 분신이라 할 ‘무대감독’은 대답합니다. “없죠. 성인들이나 시인들이라면 아마….”

죽음의 문 앞에서 우리의 삶은 일회적인 것으로 드러나고 더없는 무게를 얻습니다. 우리는 죽음 앞에서 우리 삶의 모든 존재를 담게 됩니다. 그러기에 죽음에 대한 명상은 우리가 생생하게 살아 있는 지금의 삶을 살게 하는 길을 보여줍니다. 이를 통해 죽음으로 단절되는 유한한 삶에서 슬픔과 허무만을 보는 것이 아니라, 우리에게 약속된 영원한 삶의 빛나는 조각도 보게 될 것입니다. 이것이 바로 우리의 ‘살아 있는’ 희망이지요.

격변하는 시대에 휘말리고 인생의 짧음을 실감하다 보면 덧없음과 속절없음의 감정들을 마주하게 됩니다. 이런 감정들은 쓸쓸하고 힘겨운 것이지만 어쩌면 인생을 살아가는 데 있어서 꼭 필요한 약이라는 생각도 하게 됩니다. 보내야 할 것은 보내고 새로운 시작을 해야 한다는 다짐을 하게 하니까요. 시절과 인생의 덧없음을 알면서도 끈기 있게 치유와 행복의 길을 발견하려 애쓰고, 사라져가는 것들의 아름다움을 아낄 줄 알면서도, 보이지 않는 영원함을 희망할 수 있는 용기와 지혜를 늦봄과 이른 여름에 가다듬어봅니다.

당신이 내게
말하려 했던 것들

여름날, 여행의 권유

여름이 되면 왠지 여행을 떠올리게 됩니다. 실제로 여건이 되지 않아서 여행길에 오르지 못한다 하더라도 마음만은 어찌할 수 없어서, 서점에서 여행서적을 들춰보며 하루하루 가는 여름날을 아쉬워하기도 합니다. 여행을 권하는 노래를 듣기라도 하면 먼 곳으로 자유롭게 떠나고픈 갈망이 더 커지지요. 여름은 그런 계절입니다.

프랑스 작곡가 앙리 뒤파르크(1848~1933)가 샤를 보들레르의

길을 걸었어,
봄이더군

유명한 시집 『악의 꽃』에 나오는 시에 곡을 붙인 가곡 〈여행에의 초대L'Invitation au Voyage〉는 이러한 여행에의 향수를 일깨우는 노래입니다. 연정과 동경, 우울함과 덧없음, 나른함의 정서를 일깨우고 여러 이미지를 떠올리게 합니다.

> 내 아이야, 내 누이야, / 거기 가서 같이 사는 / 그 즐거움을 이제 꿈꾸어라! / 느긋이 사랑하고, / 사랑하다 죽고지고, / 그리도 너를 닮은 그 나라에서! / 그 흐린 하늘의 / 젖은 태양은 / 내 정신을 흐리기에도 알맞게 / 눈물 너머로 빛나는 / 네 종잡을 수 없는 눈의 / 그 신비하고 신비한 매력을 지녔단다, // 거기서는 모든 것이 질서와 아름다움, / 사치와 고요 그리고 쾌락일 뿐.

근대와 현대의 전환기에 활동했던 앙리 뒤파르크는 독일 후기 낭만주의의 영향을 받았지만 이미 인상주의의 경향이 보이는 곡들을 작곡했습니다. 그는 불행히도 서른일곱의 나이에 신경쇠약 때문에 음악 창작활동에서 물러나 조용히 은거하였고, 문학과 미술에 전념하며 삶의 후반부를 보내야 했습니다. 게다가 자신의 음악에 매우 엄격했던 사람이라 대부분의 작품을 폐기했고, 그런 이유로 소수의 작품들만 전하고 있습니다. 그러나 그가 남긴 17곡의 가곡들은 매우 중요한 음악적 가치를 인정받고 있습니다.

오늘날 뒤파르크는 포레, 풀랑크와 함께 현대 프랑스 가곡을 대표하는 인물입니다. 그의 〈여행에의 초대〉 또한 불후의 명작으로 많은 사랑을 받고 있지요. 뒤파르크는 이 관능적이면서도 정신을 고양시키는 보들레르의 시를 탁월하게 음악으로 옮겨냈습니다. 명시에 어울리는 명곡이고, 시와 음악이 완벽하게 결합된 걸작이라 할 수 있습니다. 여행지에서든 내 방에서든 열기가 잠시 식은 여름밤에 혼자 듣고 싶은 노래입니다.

명곡에 어울리는 명연주들 중에서도 여전히 가장 높이 평가되는 것은 샤를 팡제라의 모노 녹음본입니다. 그가 1931년에서 1937년 사이에 녹음한 앙리 뒤파르크의 가곡들을 모은 앨범 〈뒤파르크 가곡집Les mélodies Duparc〉은 역사적인 고전 명반에 속하지요. 이중 〈여행에의 초대〉는 1935년에 녹음된 것으로 알려져 있습니다. 팡제라의 노래와 함께 이 곡의 대표적 연주로 꼽히는 것은 역시 모노 녹음인 프랑스의 바리톤 피에르 베르나크의 1945년도 녹음본입니다. 베르나크는 프랑스 가곡 해석에 있어 독보적인 존재였고, 현대 프랑스 음악을 대표하는 작곡자 중 한 명인 프랑시스 풀랑크와 긴밀

길을 걸었어,
봄이더군

한 음악적 동반자 관계였습니다. 그는 풀랑크의 명가곡을 노래하고 녹음하였고, 풀랑크 역시 기꺼이 그의 노래에 반주를 하곤 했습니다. 베르나크의 〈여행에의 초대〉 녹음에서도 피아노 반주는 역시 풀랑크가 맡았습니다.

하나 여행은 이렇게 달콤쌉싸름한 탐미적인 향유만이 아니라 몸으로 부딪히는 불편함과 한계들 속에서 많은 것을 새롭게 깨닫는 배움의 시간이기도 합니다. 프랑스의 작가 실뱅 테송은 지리학을 전공한 후 여행자로서의 삶을 살고, 그 깨달음을 글로 전한 사람입니다. 우리나라에도 그를 사랑하는 독자가 적지 않지요. 그는 자신의 에세이 『여행의 기쁨』에서 여행과 유랑에서 단련되는 몸과 정신, 확장되는 시선에 대해 인상적인 경험담을 이야기하고 있습니다. 그는 무엇보다 고되게 걷는 여행과 유랑이 사물들의 본모습을 보여준다고 믿었습니다. 다음의 글에서 말하듯이 말입니다.

내가 신발 밑창만을 이동 수단으로 사용하는 것은 고통을 즐기는 취향 때문이 아니라, 느림이 속도에 가려진 사물들의 모습을 드러내 보여주기 때문이다. 기차나 자동차의 유리창 뒤로 풍경을 흘려보내면서 풍경의 베일을 벗길 수는 없다.

보들레르와 뒤파르크의 탐미적이고 관능적인 여행의 이상이나 테송이 말하는 '유랑자(반더러)'의 자유가 우리의 일상이 되기는 어려울 것입니다. 하지만 무더운 여름날, 여행을 통해 틀에서 벗어나는 자유의 기운을 삶 속에 조금이나마 불어넣고, 땅을 딛고 걸으며 새로운 깨달음과 건강한 기쁨을 얻는 과정은 참으로 삶의 일용한 양식이 된다는 생각이 듭니다.

가 보 지 못 한 리 스 본 을 그 리 며

8월이 되면 여름의 끝을 서서히 바라보면서 뜨거웠던 지난 시간을 조금씩 돌아보게 됩니다. 매년 여름이면 이상하게 다녀온 곳만이 아니라, 한 번쯤 가보고 싶었지만 여전히 희망사항으로 남은 곳이 함께 떠오르네요. 포르투갈에 있는 리스본이 바로 그런 곳입니다. 가보지 못해 애타고 애석하다기보다는 오히려 다가온 약속에 대한 설렘에 가까운 마음이 드는 곳이지요. 최근 몇 년간 휴가 기간이 지날 때쯤 되면 한 번도 가보지 못한 도시 리스본을 생각하게 되는데, 아무래도 페터 비에리의 소설 『리스본행 야간열차』와 시인이자 작가인 페르난도 페소아(1888~1935)의 영향이 큰 것 같습니다. 페소아가 남긴 세기의 유작 『불안의 책』과 함께 말이지요.

스위스 출신의 저명한 철학자 페터 비에리는, 파스칼 메르시에라는 필명으로 베른의 한 나이 든 라틴어 교수가 주인공인 『리스본행 야간열차』라는 매혹적인 소설을 썼습니다. 주인공 그레고리우스는 기이한 우연을 거쳐 자신의 손에 들어온 포르투갈 작가의 책 제사에서 다음의 문장을 읽고는 시계처럼 철저했던 일상을 내버려둔 채 홀린 듯 리스본행 야간열차에 오릅니다.

> 우리가 우리 안에 있는 것들 가운데 아주 작은 부분만을 경험할 수 있다면, 나머지는 어떻게 되는 걸까?

처음에는 그레고리우스조차 이러한 여행을 시작한 자기 자신을 이해하지 못했지요. 그러나 여행에서 돌아온 후 그것이 메마름에 자족하는 것을 멈추고 충만함을 향한, 살아 있음을 확인하려는 내면의 갈망이었음을 깨닫게 됩니다.

저자의 배경을 보면, 소설의 시작과 끝이 스위스의 아름다운 도시 베른을 무대로 하는 것이나, 대중소설이면서도 여러모로 철학적인 분위기가 짙은 것이 우연은 아님을 알게 됩니다. 페터 비에리는 일찍이 학계에서 분석철학 분야, 특히 '자의식'과 '의지의 자유' '자아 정체성' 등의 주제들에 관한 날카롭고 통찰력 있는 전문가로 인정받았습니다. 그러면서도 협소한 주제로 축소되는 분석철학의 한계를 비판적으로 성찰할 줄 아는 학자였습니다. 그러나 그가 학계의 인정을 넘어 대중에게도 널리 알려진 계기는 따로 있습니다. 바로 철학적으로 치밀한 개념 분석과 도스토옙스키의『죄와 벌』을 끌어들이는 문학적 접근법을 잘 조화시켜, '자유'라는 중요하고도 어려운 주제와 대결한 보기 드문 역작『자유의 기술』때문이었습니다.

이 책이 얻은 큰 반향은 학문적 가치를 지니고 있으면서도 그 내용이 철학자뿐만 아니라 진지한 일반 독자에게도 매력적이었기 때문입니다. 지금도 학술서, 문학 에세이, 신문 칼럼을 막론하고 '자유'에 관한 다양한 글에 인용되고 있습니다. 그 후에도 비에리는『삶의 격』『자기 결정』같은 책을 통해 존엄성, 인격, 자기 결정권 등 보편적이면서도 오늘날 시급한 과제로 떠오른 철학적이고 윤리적인 주제들에 관해 성찰하고 있습니다.

당신이 내게
말하려 했던 것들

사유의 엄정함을 유지하면서도 문학적 상상력을 적절히 결합시키는 보기 드문 재능은 삶의 지표를 찾고자 하는 모든 이에게 큰 도움이 되고 있습니다. 이런 문학적 재능과 광범위한 교양은 그가 1990년대 후반부터 '파스칼 메르시에'라는 필명으로 소설을 쓰기 시작하면서부터 알려졌습니다. 그러나 그를 세계적인 소설가로 만든 것은 역시 주인공 그레고리우스가 우연한, 아니 어쩌면 운명적인 계기로 리스본의 요절한 천재 시인이자 의사인 알메이다 프라두의 흔적을 찾아 리스본행 야간열차에 오르는, 그의 세 번째 소설 『리스본행 야간열차』입니다.

페터 비에리는 이제 교수의 자리에서 은퇴하고, 문학 작업에 전념하겠다고 밝혔으니 앞으로 더 훌륭한 소설을 내놓을지도 모릅니다. 그러나 이 낭만적이면서도 지적인 소설만으로도 그의 이름은 오랫동안 기억될 듯합니다. 그런데 이 소설에서도 리스본을 상징하는 문학가이자 사상가인 페르난도 페소아의 그림자를 발견할 수 있습니다. 비에리는 소설의 첫머리에 프랑스의 문필가이자 사상가인 몽테뉴의 잠언과 함께 페소아의 『불안의 책』에 나오는 다음 구절을 인용하고 있습니다.

길을 걸었어,
봄이더군

우린 모두 여럿, 자기 자신의 과잉, 그러므로 주변을 경멸할 때의 어떤 사람은 주변과 친근한 관계를 맺고 있거나 주변 때문에 괴로워할 때의 그와 동일한 인물이 아니다. 우리 존재라는 넓은 식민지 안에는, 다른 방식으로 생각하고 느끼는 다양한 사람들이 있다.

포르투갈의 작가 페르난도 페소아는 살아 있는 동안 문학 전문가들 사이에서 포르투갈 모더니즘 시의 시작점이 된 문학 잡지 『오르페우Orpheu』를 창간한 인물로 작은 명성을 얻은 것 외에는 알려지지 않은 인물이었습니다. 마흔일곱의 나이에 세상을 떠날 때까지 자신의 탁월한 언어적 능력을 살려 무역서신을 번역하는 일로 생계를 삼고, 그다지 길지 않은 조용한 삶을 살았습니다. 여러모로 카프카와 비견할 만한 인물입니다. 페소아 사후 47년 만인 1982년에 그의 유고 『불안의 책』이 발견되고 출판된 것은 포르투갈 문학계에 일대 사건이었고, 곧 그의 명성은 전 세계적인 것이 되었습니다. 페소아는 자기 자신의 정체성을 고정시키는 대신, 다양한 관점에서 바라보기 위하여 의도적으로 수많은 '다른 이름'들을 사용했습니다. 이런 시학을 실천한 그는 『불안의 책』을 중요한 이명異名의 화자 중 하나인 '리스본의 회계사무원 베르나르두 소아르스'의 관점에서 쓴 '사실 없는 자서전'이라 명명합니다. 이 책은 회의, 불안, 허무의 한복판에 있던 20세기 초반의 정신적 상황을 전해주는 고백일뿐더러, 오늘날에도 여전히 사람들의 마음을 흔들고 숙고하게 하는 힘을 지니고 있습니다.『불안의 책』의 시작은 의미심장합니다.

> 나는 대부분의 젊은이들이, 그들의 앞 세대가 이유를 알지 못한 채 신을 믿었듯이, 이유를 알지 못한 채 신에 대한 믿음을 잃어버린 시대에 태어났다. (…) 그러니 나처럼 어떻게 살아야 할지 모르는 채로 살아가는 얼마 안 되는 이들에게서 단념이라는 삶의 방식과 숙명이 된 관조를 빼고 나면 무엇이 남겠는가? 종교적인 삶이 무엇인지 모르고, 알 능력도 없다.

페소아의 시적, 철학적 탐구의 중심에는 자기 자신에 대한 탐구가 있습니다. 이는 역설적으로 '고정된 정체성에서 벗어나는 떠남'에서 시작됩니다. 파스칼 메르시에의 소설『리스본행 야간열차』에서 페소아의 그림자를 찾을 수 있는 이유입니다. 아마 메르시에 역시 페소아의『불안의 책』에 나오는 다음의 구절을 보고 자신의 소설 전체를 요약하는 주제라고 고개를 끄덕였을지도 모릅니다.

> 모든 사람을 부러워하는 이유는 그들이 내가 아니기 때
> 문이다. 내가 아닌 사람이 되는 것, 이것은 모든 불가능한
> 것들 중에서 가장 불가능하게 여겨지므로 날마다 열망하
> 는 것이고, 슬픈 순간마다 체념하는 것이다.

흥미롭게 읽었던 『리스본행 야간열차』를 원작으로 한 동명
의 영화가 개봉했을 때 저는 독일에서 홀로 시간을 보내고
있었습니다. 그 어느 여름의 시작에 혼자 이국의 영화관에서
영화를 보았습니다. 그리고 조용히 '나의 리스본은 어디인가'
생각해보았습니다.
누구나 여름에 여행을 꿈꾸는 것은 어쩌면 나에게로의 여행,
일상의 참 의미를 찾는 여정이 필요하기 때문인지도 모릅니
다. 나의 일상과 애써 '낯설어'지고 지금까지 욕망하고 바라
던 것이 정말 의미 있었는지 돌아볼 수 있는 시간이 절박하
다는 것을 적어도 우리의 무의식이 알고, 신호를 전하고 있
는 것이 아닐까, 영화를 보고 생각에 잠겼던 그때가 기억납
니다.
이제 메르시에도, 페소아도 낯선 이름들이 아닙니다만, 때때

로 나의 인생이 나 자신에게 '낯설어'야 한다는 그 여름의 깨
달음은 변하지 않았으면 좋겠습니다.

길을 걸었어,
봄이더군

휴
가
의
　
열
매
,
　
평
정
심

휴가에 대해 생각해봅니다. 정신과 육신에 다시 힘과 생기를
주는 '쉼'과 자유로이 본연의 존재를 만끽하게 하는 '활동'을
추구하는 것을 사치스럽게 여겨서는 안 됩니다. 누구에게든
꼭 필요한 인간 본성의 요구이자 필요이기 때문이지요. 그러
나 우리 사회에서 아직도 많은 분이 여러 이유로 휴가를 위
한 시간과 여건을 누리지 못하고 있습니다. 안타까운 현실이
지요. 휴가가 삶의 질에 있어 얼마나 본질적인 역할을 하는지

에 대해서 눈을 뜨는 사람들은 점점 많아지지만, 휴가를 바라보는 사회 전반의 분위기는 아직도 변화가 필요하고, 법적이고 제도적인 보장을 위한 정치적 차원의 노력도 더 있어야 할 것입니다. 근면함과 휴가를 대립시키는 관점이 변화해야 할 것이고, 시민들도 공론화하고 개선책을 제안하는 열의를 보여야 할 것 같습니다.

하지만 무엇보다 휴가를 제대로 누리는 문화가 아직 충분히 성숙하지 못했다는 생각이 듭니다. 어렵게 얻은 휴가가 아쉽게 끝나버리고 정작 피로감만 더하는 경험이 낯설지 않습니다. 휴가를 준비하기 전에 휴가의 본 의미가 무엇인지 차분히 생각해보고 마음을 가다듬을 필요가 있겠습니다.

고대 그리스 후기에 해당하는 헬레니즘 시대 철학자들은 실질적인 '삶의 기예'와 '생활방식의 수련'을 철학의 중심에 놓았습니다. 헬레니즘 철학이 현대인들의 '자기 배려'에 큰 가치가 있다는 것을 보여준 프랑스의 철학자 피에르 아도(1922~2010)의 명저 『고대 철학이란 무엇인가』가 최근에 반갑게 재출간되었습니다. 아도는 헬레니즘 철학의 근본정신을 다음과 같이 요약합니다.

헬레니즘 학파들은 모든 지혜를 비슷비슷한 용어들로, 특히 '영혼의 완전한 평정상태'라는 표현으로 정의한 것처럼 보인다. 키니코스주의자라면 인간의 비참이 사회적 제약과 관습에서 비롯한다고 할 것이고, 에피쿠로스주의자라면 이기적 관심과 쾌락을 좇는 태도에, 회의론자라면 잘못된 의견, 즉 억견에 이 비참의 원인을 돌릴 것이다. 헬레니즘 철학들이 소크라테스의 유산을 자기 것으로 내세웠든 그러지 않았든 간에, 이 철학들은 인간이 무지하기 때문에 비참, 불안, 악에 빠져 있다고 생각했다는 점에서 모두 소크라테스와 견해를 같이했다. 사물에 악이 있는 것이 아니라 인간이 사물에 대해 내리는 가치판단에 악이 있다는 것이다. 그러므로 인간이 가치판단을 바꿀 수 있도록 교육해야 한다. 따라서 이 철학들은 치유의 역할을 하기를 원했다. 그런데 인간이 가치판단을 바꾸기 위해서는 근본적인 선택을 하지 않으면 안 된다. 사유방식, 존재방식을 바꾸겠다는 선택. 이 선택이 바로 철학이다. 철학 덕분에 인간은 내적 평화, 영혼의 평정상태에 도달할 수 있다.

좋은 휴가는 자신의 내면을 치유하고 스스로를 '잘 돌보는 것'을 익히는 시간입니다. 소크라테스는 철학을 자기 자신을 돌보는 일이라 했습니다. 그런 의미에서 휴가는 '철학의 시간'이라 말할 수 있지요. 그렇기에 휴가로 얻는 좋은 열매란 철학과 마찬가지로 '평정심'이 아닐까요. 이는 곧 감정과 느낌의 억압이 아니라 내면과 육신의 숱한 일렁임들이 만족과 절제로 조화를 이룬 상태이겠지요. 이는 눈앞의 일들과 욕구와 비교에 사로잡힌 '지금'에 사는 게 아니라, '언제나'와 '영원함'을 마음에 담은 사람이 누리는 기쁨입니다. 역설적으로 이런 이에게 '지금'의 소중한 얼굴이 드러나는 것이지요.

영원을 담고 있는 '지금'을 알아보는 것을 철학자들은 '존재의 아름다움'을 관조하는 것이라 말합니다. 그러면서 보다 맛깔스런 행복을 누리고자 한다면 일상과 삶의 자리에서 만나는 것들의 아름다움을 보고 향유하는 법을 배우라고 권고합니다. 단순한 휴식이 아니라 존재를 풍요롭게 하고 삶의 보람을 느끼게 하는 법을 배우라는 것이지요.

참으로 우리에게는 담담하지만 감사하는 마음으로, 거친 흥분을 가라앉히고 아름다움을 관조하며 받아들이는 시간이 필요합니다. 자연의 아름다움을 대하는 자신의 태도만 보아도 우리가 과연 관조의 능력이 있는지를 확인해볼 수 있습니다. 예를 들면 꽃이 그렇습니다. 신체의 눈은 꽃을 포착하고 있으나 우리의 마음은 관조가 아니라 그저 우악스럽게 꽃을

길을 걸었어,
봄이더군

대하고 있을지 모릅니다.

아름다움을 관조하는 시간은 때로는 눈을 감을 때 찾아옵니다. 좋은 음악을 듣고 있을 때도 우리의 메마른 마음에 생기가 깃들고, 온갖 애증의 감정에서 잠시나마 자유로워지며, 내면의 눈은 깨어나고 우리는 소유가 아니라 존재 자체 안에서 황홀한 아름다움을 경탄하며 바라봅니다.

일상에서 아름다움을 바라볼 수도 있겠지만, 일상에서 벗어나면 더 잘 보일 때가 있습니다. 어쩌면 사람들은 이 아름다움을 만나기 위해 그리 멀리 여행을 떠나는지도 모르겠습니다. 관조의 마음은 자연만이 아니라 사람에 대해서도, 또한 우리가 겪는 사건과 추억들에 관해서도 가능합니다. 관조는 여유 있는 마음과 따뜻한 평화가 있는 평정심을 필요로 합니다. 많은 경우 '떠남'이 이러한 마음을 갖는 데 도움을 주곤 하지요. 그래서 여름휴가철의 막바지면 이 마지막을 놓치지 않으려는 적잖은 사람들이 산과 바다와 계곡을 찾는 것일지도 모르겠습니다.

언제나 여름이 끝나가는 즈음에는 휴가 때 보낸 시간을 떠올리며 흐뭇함과 아쉬움을 함께 느끼게 됩니다. 특히 아이들에게는 여름 동안 시골 친척집이나 휴가지에서 보낸 날들이 먼 훗날에도 잊히지 않는 추억으로, 또 인생이 무엇인지를 직접

당신이 내게
말하려 했던 것들

몸으로 깨우친 산 교육의 기억으로 남습니다. 느긋하고 조금은 게으르게 보낸 것 같은 여름날에 어쩌면 아이들의 생각과 마음은 가장 튼실하게 여물지도 모릅니다. 사실 어린 시절 가족과 친구와 함께 보낸 여름은 설레는 모험처럼 마음에 간직되며, 어른이 되어서도 그 추억을 그리워하게 됩니다. 그리움을 아는 이만이 바라볼 수 있는 아름다움이 있는 법이지요.

언젠가 여름휴가 때, 프랑스 작가 마르셀 파뇰이 프로방스 지방에서 보낸 자신의 어린 시절을 소재로 쓴 자전적 소설 『마르셀의 여름』을 읽은 기억이 납니다. 그러면서 여름방학 때 시골에서 자연과 함께한 시간이 어린 친구들에게 얼마나 큰 의미를 지니는지를 새삼 깨닫게 되었습니다. 요즘 아이들에게는 정말 옛날이야기처럼 들리겠지만요. 소설의 마지막 장의 서두에 나오는 문장 하나가, 평범한 듯하면서도 참 오래도록 마음에 남았습니다.

세월은, 물방아에 물 흐르듯 그렇게 흘러 우리 인생도 돌고 돌게 하는가 보다.

작가가 한참이 지나 나이가 든 후 그 시절을 돌아보며 느낀 아름다움과 쓸쓸함이 함께 묻어 있습니다. 뜨거운 태양의 계

길을 걸었어,
봄이더군

절에 휴식의 시간을 보내면서 특히 우리 아이들 마음에 아름다운 추억과 사랑이 방울방울 맺히기를 기원합니다. 우리 어른들은 무상한 세월을 실감하며 살지라도, 사랑하는 사람들과 아름다운 곳에서 가꾼 추억들은 사라지는 것이 아님을 믿고 감사할 수 있기를 바랍니다. 그리고 미래에 그리워할 아름다운 추억은 바로 오늘 생겨난다는 것도 깨닫기 바랍니다. 어쩌면 우리가 멀리까지 떠나가 아름다움을 마음의 눈으로 보고 싶어 하는 열망은 어린 시절부터 우리 안에서 자라고 있었던 것인지도 모릅니다.

사람은 누구나 어린 시절에 아름다움을 볼 줄 아는 단순한 마음을 지니고 있었습니다. 그러나 어른이 된 후에는 단순한 마음으로 세상을 보기 위해 배우고 노력해야 합니다. 그렇게 외면의 화려한 아름다움이 서서히 서글픔으로, 서글픔이 천천히 잔잔한 기쁨으로 옮겨가는 사이 마음은 다시 단순함을 알게 됩니다. 그리고 비로소 내면으로부터 아름다움을 관조하는 법을 배웁니다. 알아갑니다. 시대와 문화의 경계를 넘어 널리 사랑받은 일본의 시인 마쓰오 바쇼의 하이쿠(일본의 짧은 정형시 양식)가 이런 마음의 풍경과 잘 어울린다고 생각합니다. 한 편을 예로 들어봅니다.

이 외길이여 / 행인 하나 없는데 / 저무는 가을.

그의 시는 어려운 사상과 복잡한 심상 없이 찰나의 장면을
간결하게 묘사하는 것만으로도 독자의 마음을 사로잡습니
다. 여백이 있는 그의 시는 마음에 감흥이 번져나가게 하면
서도 편안하고 시원한 느낌을 줍니다. 쉽고 단순하지만 피상
적이지 않습니다. 그건 그가 자연의 실재에 온전히 집중해서
만났기 때문입니다. 자신의 생각을 비운 담담함 눈길로 자신
에게 '다가온' 대상에 화답했기에 그는 짧은 시에 운치 있는
소우주를 담을 수 있었던 것이지요.

단순함과 담담함이 오히려 깊은 통찰을 준다는 것을 그의 시
에서 실감하게 됩니다. 쓸쓸함과 덧없음의 감정이 실려 있지
만, 담백한 마음은 잃지 않은 것이지요. 그의 시에서는 쓸쓸
함을 내치지 못하는 삶조차 그 자체로 의미가 있다는 인상을
받게 됩니다. 쓸쓸함은 어쩌면 단순함 속에서 자기 자신과
그리고 자신을 둘러싼 존재들과 온전히 만나는 마음의 길을
여는 단련에 속할 테니까요.

바쇼의 시를 감상하면서 신앙인이 성서를 읽고 묵상하는 성
독Lectio Divina의 귀한 전통이 떠올랐습니다. 성서 말씀을 마
음에 간직하고 담담하게 세계를 바라본다면, 우리 안에서도

길을 걸었어,
봄이더군

담백한 언어가 자연스레 자라나겠지요. 영혼의 치유를 위해서는 하느님의 현존을 느끼는 짧은 경탄 한마디로도 충분할 것입니다.

우리는 모두 별의 먼지입니다

여름밤에 밤하늘을 바라봅니다. 하루 종일 더위에 지쳐 있다가도 별이 빛나는 밤하늘을 바라보면 마음이 풍성해지고 눈에 다시 총기가 도는 듯합니다. 다만, 세월이 갈수록 도시에 사는 사람들에게 총총히 별이 뿌려진 밤을 만나는 것이 점점 더 드문 행운이 되어가는 듯해 안타깝습니다. 휴가철이나 연휴 혹은 하루저녁의 짧은 여정이더라도 많은 분이 별이 빛나는 밤을 기대하며 교통 체증을 감수하고 가족과 친구와 때로

길을 걸었어,
봄이더군

는 홀로 여행지로 떠났겠지요? 그 바람이 풍성하게 채워지셨기를 바랍니다.

우리가 별을 바라보는 눈길은 제법 낭만적이지만, 과학자들은 별을 통해서 우주와 지구 그리고 우리 자신의 기원과 미래를 연구합니다. 그래서 종종 과학자들은 별을 보며 자연스레 느끼는 종교심과 시적 정서를 앗아간다는 원망을 듣고는 하지요. 그렇지만 냉철하고 합리적으로만 보이는 과학 탐구가 사실은 아주 깊은 설렘에서 피어오른 열정이고, 오히려 신비를 향한 새로운 경외심을 열어준다는 사실을 과학 교양서들을 볼 때마다 기억하게 됩니다.

어느 휴가철이었을 겁니다. 어렵지 않은 2권의 과학책을 읽으면서 그때도 이런 생각을 하였습니다. 독일의 과학자이자 저술가인 슈테판 클라인이 저명한 과학자들과 나눈 대담을 모은 책 『우리는 모두 별이 남긴 먼지입니다』의 제목은 영국의 천문학자 마틴 리스와의 대담 중에서 따왔습니다. 이는 현대의 우주론을 요약한 명제이지만, 과학이 시와 종교와 어떻게 접점을 이루는가에 대해 영감을 주는 말이기도 합니다. 물리학자 카를로 로벨리가 흥미로운 물리학 강의 『모든 순간의 물리학』을 마무리하며 남긴 인상적인 글에서도 이 표현은 공명하고 있습니다.

우리는 다른 사물들과 똑같이 별 가루로 만들어졌고, 고통 속에 있을 때나 웃을 때나 환희에 차 있을 때나 존재할 수밖에 없는 존재로서 존재할 뿐입니다. 우리는 이 세상의 일부이기 때문이지요.

세상 만물이 '별의 먼지'라는 것은 과학적 진술일뿐더러, 깊은 의미에서는 시의 언어일 것입니다. 그리고 우리는 이 말이 신비를 가리키고 있음을 직감합니다. 우리는 별을 바라보며 경탄하고 감사합니다. 우리는 별의 먼지이자 신에게서 온, 그래서 신을 닮은 사랑의 작품이기 때문이지요.

깊어가는 여름 안에서 휴가를 보낼 때는 이처럼 별을 바라보며 우리의 인생을 성찰하는 귀한 시간을 가지면 좋겠습니다. 현대인들은 성과 중심의 문화에 시달리고 있습니다. 그렇기 때문에 여가를 잘 보내는 것은 육신을 위해서나 정신적, 영성적 측면에서나 매우 중요합니다. 우리는 진정한 여가를 단순한 휴식이나 소일, 여흥과 구분할 필요가 있고, 여가를 향유하는 것이 우리 삶의 태도를 변화시키고 성숙시킨다는 점을 기억해야 합니다.

휴가와 여가의 본래 뜻이 가장 고귀한 내면의 아름다움을 도야하는 시간을 가지는 데 있다는 것을 강조한 사람이 바로

길을 걸었어,
봄이더군

독일의 가톨릭 철학자 요제프 피퍼입니다. 그는 보석 같은 책 『여가와 경신』에서 고대 그리스 철학과 중세의 수도원 전통에 힘입어 여가의 본질을 잘 알려주고 있습니다.

고요하면서도 우리에게 생기와 의욕을 주는 휴가는 삶을 성숙시킵니다. 손에 움켜쥔 것을 가만히 놓아보고, 보고 싶어 하는 것만이 아닌 존재 자체를 여유 있고 자유로운 마음으로 '관조'하는 체험을 하게 됩니다. 그러한 체험은 우리가 하는 일을 새로운 관점으로 대할 수 있는 힘을 줍니다. 더 이상 '닦달하는' 태도가 아니라 자연의 이치와 인생의 근본 목적을 음미하며 때로는 멈추고 기다릴 줄 아는 삶의 태도를 가지게 되는 것이지요.

성서는 예수님께서 비유로만 말씀하셨다고 전하고 있습니다. 비유는 '닦달하지 않는' 언어입니다. 자유로움과 관조하는 여유 속에서 그러한 말이 나올 수 있는 것이지요. 세속적 삶의 번잡함에서 잠시 벗어나 여가를 갖는 것은 사치가 아니라 반드시 필요한 삶의 요소이며, 낭비와 무위의 시간이 아니라 오히려 굳은 심지를 통해 정말 중요한 것들이 이루어지는 결실의 시간입니다.

근대적 사고방식과 거리를 두고 월든 호숫가의 자연 속에서 노동과 관조의 삶을 선택했던 미국의 사상가 헨리 데이비드

당신이 내게
말하려 했던 것들

소로는 자신의 저서 『월든』에서 이렇게 말하고 있습니다.

> 내가 숲속으로 들어간 것은 인생을 의도적으로 살아보기
> 위해서였으며, 인생의 본질적인 사실들만을 직면해보려
> 는 것이었으며, 인생이 가르치는 바를 내가 배울 수 있는
> 지 알아보고자 했던 것이며, 그리하여 마침내 죽음을 맞
> 이했을 때 내가 헛된 삶을 살았구나 하고 깨닫는 일이 없
> 도록 하기 위해서였다. 나는 삶이 아닌 것은 살지 않으려
> 고 했으니, 삶은 그처럼 소중한 것이다. 그리고 정말 불가
> 피하게 되지 않는 한 체념의 철학을 따르기는 원치 않았다.

소로처럼 우리 삶의 자리를 바꾸는 것은 어렵겠지만, 그래도
여름의 절정에서 시간을 내는 것은 꼭 필요합니다. 편안하되
진지한 마음으로 자연과 마음의 풍경을 바라보며 삶의 소중
함을 새롭게 깨닫는 시간은 우리에게 한 해를 올곧이 살아갈
힘을 줄 것입니다.

129

뮤
즈
인
더
시
티

봄의 아름다움이 한참 물이 올랐던 어느 해 봄, '뮤즈 인 더 시티'라는 음악축제가 한 공원에서 열린다는 포스터가 눈에 번쩍 띄었습니다. 매년 하는 행사이긴 합니다만 그해는 유난히 가보고 싶은 마음이 컸는데, 제가 좋아하는 커린 베일리 레이Corinne Bailey Rae라는 가수의 공연을 꼭 보고 싶어서였습니다. 그녀의 노래 〈별처럼Like a Star〉을 처음 들었을 때의 달콤한 느낌이 생생했기 때문입니다. 결국 일정이 맞지 않아

가지는 못했지만, 그래도 라이브로 듣고 싶었던 가수들의 음반을 다시 꺼내 들어보고, 또 다녀온 사람들이 올린 사진이나 영상을 보면서 아쉬움을 달래고, 잠시 무르익은 봄에 어울리게 감성을 길어보는 시간을 가졌습니다.

축제의 제목에서 짐작할 수 있듯이 이 야외 음악축제는 섬세한 감성과 풍부한 영감 그리고 사람들을 움직이는 카리스마를 가진 탁월한 여성 대중음악가들이 주인공인 무대입니다. '뮤즈Muse'라는 말은 주로 예술가들에게 삶과 창작에 큰 영감이나 영향을 준 젊은 여성을 가리키는 말로 많이 사용하고 있습니다. 그런데 사실 '뮤즈'의 원뜻을 헤아려보면 여성은 창조력과 작품을 위한 보조적인 존재가 아니라 오히려 '창조력'과 '영감'의 원천으로서 주도적인 존재입니다. 아마 이 음악축제의 명칭 역시 여성 음악가들에게 고유하고 독립적인 목소리를 돌려주고, 그들의 영감과 창조력이 세상의 중심에서 사람들에게 얼마나 큰 힘과 위로를 주는지를 표현하고자 한 것이 아닐까 생각해봤습니다.

'뮤즈'는 그리스 신화에 나오는 음악과 예술의 여신 '무사 Mousa'에서 유래했는데, 최고신인 제우스와 기억의 여신인 므네모시네 사이에서 태어난 딸들입니다. '무사이Mousai(뮤즈의 복수형)'에 관해서는 전승된 이야기가 여럿 있지만, 가장 유

길을 걸었어,
봄이더군

명한 것은 그리스 신화의 주요 원전에 해당하는 헤시오도스
의『신통기(신들의 계보)』속 탈리아, 에라토, 칼리오페 등 아홉
명의 여신이라 할 수 있지요.

뮤즈에 대한 크나큰 경외심은 그리스 문학과 사상의 뿌리라
고 할 수 있는 전설적인 서사시인 호메로스에게서 확인할 수
있습니다. 그는『오디세이아』의 첫 문장에서 명시적으로 '뮤
즈'를 부르며, 영웅 오디세우스의 이야기를 들려달라고 간청
하지요. 여기서 시인은 자신의 역할이란 여신 '뮤즈'에게 인
간의 목소리를 빌려주는 것뿐이라는 겸허한 자세를 보여줍
니다. 그리스 철학자 플라톤 역시 참된 예술은 여신 '뮤즈'의
영감이 관통하고 이에 사로잡힌 사람만이 수행할 수 있다고
그의 초기 대화편『이온』에서 주장합니다. 스승 소크라테스
의 입을 빌려 단지 기술적이고 분과적 지식이나 능숙함으로
예술을 생각하는 음유시인 이온을 설득하는 것이지요. 플라
톤은 진리를 관조하고 이에 따른 깨달음을 실천하는 것이 아
니라, 상상력에 의존하도록 사람들을 미혹하는 시인을 자신
이 생각하는 '이상국가'에서 추방해야 한다고 말했습니다. 하
지만 그 역시 탁월한 예술적, 시적 재능의 소유자였다는 것
을 잊어서는 안 됩니다. 그의 시인에 대한 비판에는 양가성
이 있습니다.

당신이 내게
말하려 했던 것들

더 나아가 신화에 나오는 '뮤즈'가 여성이며 다수라는 점도 생각해보아야 합니다. 뮤즈가 상징하는 예술적 영감을 조화를 모르고 파격적이거나, 언제 바뀔지 모르는 변덕스러운 성향으로 여기는 것은 잘못된 선입견입니다. 진정한 예술적 영감이란 여러 뮤즈들이 어울리듯, 깊고 높고 다양한 차원들이 어우러져 아름다움의 진면목을 드러내는 조화의 힘입니다. 가장 완벽한 예술적 영감에는 명료한 판단력과 섬세한 감수성, 여기에 조화를 이루어내는 배려심이 깃들어 있습니다. 뮤즈가 여성이라는 것은 예술적 영감의 본질에 '여성성'이 있다는 것을 보여줍니다. 합리성과 욕망을 섬세하게 감싸고 배려하며 순화하는 예술적 영감으로서의 '여성성'은 사실 오늘날 모든 남성과 여성에게 절실한 것이라는 생각을 하게 됩니다. 독선적 사고, 저급한 '혐오'의 언사, 우아함과 감수성이 결여된 태도에 몸살을 앓는 우리 사회를 돌아보면 더욱 그렇습니다.

길을 걸었어,
봄이더군

라
메
르

여름이 되면 여기저기서 이 뜨거운 계절에 어울리는 음악들이 들려오곤 합니다. 그중에서도 '바다'에 관한 음악들은 빠질 수가 없습니다. 한낮의 해변을 떠올리게 하는 흥겨운 노래부터 밤바다를 연상시키는 차분하고 고즈넉한 아름다움을 간직한 곡들까지, 우리나라 가요 중에서도 여름이면 생각나는 곡들이 많지요.

폭을 좀 넓혀볼까요. 서양 고전음악 중에서 바다와 관련된 곡

이라면, 우선 프랑스의 인상주의 작곡가 클로드 드뷔시(1862
~1918)가 20세기 초에 작곡한 교향시 〈바다La Mer〉가 떠오릅
니다. 30분 가까이 되는 길이의 관현악곡으로, 각각 '바다 위
의 새벽에서 한낮까지' '물결의 유희' '바람과 바다의 대화'라
는 부제의 세 부분으로 구성되어 있습니다.

프랑스를 중심으로 한 인상주의 음악은 독일풍의 장중한 후
기 낭만주의 음악에서 탈피하여 참신한 방향을 제시했습니
다. 모네와 같은 인상파 화가들이 빛과 색채의 미묘한 움직
임을 그림으로 표현했듯, 음을 촘촘하게 배치하고 다양한 음
향적 실험을 도입하면서 섬세하게 음악의 색채감과 몽환적
인 느낌을 살렸습니다. 드뷔시의 〈바다〉는 이러한 인상주의
음악의 대표작으로, 좀 긴 곡이긴 하지만 매우 근사한 음의
향연을 즐기다 보면 예상외의 신선한 인상을 받게 되는 곡입
니다.

그렇지만 더위에 지친 여름밤에 긴 클래식 음악이 좀 부담된
다면 또 다른 바다, '라 메르'가 있습니다. 바로 에디트 피아
프의 〈장밋빛 인생La vie en rose〉이나 자크 브렐의 〈나를 떠나
지 말아요Ne me quitte pas〉 만큼이나 상송의 고전으로 꼽히는
샤를 트르네의 〈바다〉입니다. 1946년에 발표된 이 곡은 수
많은 가수뿐 아니라 폴 모리아, 레이 코니프, 아눈치오 만토

길을 걸었어,
봄이더군

바니 같은 추억의 관현악단들에서 연주곡으로 편곡하며 큰 인기를 얻었지요. 혹시 이 곡의 제목을 모른다 해도 멜로디를 듣는 순간, '이 곡이구나' 하며 어느새 흥얼거리지 않을까 싶습니다.

이 곡의 수많은 연주와 노래 중에서도 많은 사람이 걸작으로 꼽는 것은 1960년대 불세출의 스페인 가수 훌리오 이글레시아스의 공연 실황입니다. 훌리오 이글레시아스의 음성으로 듣는 〈바다〉가 다시 주목받은 것은, 작가 존 러카레이의 첩보소설인 『팅커, 테일러, 솔저, 스파이』를 〈렛 미 인〉의 영화감독 토마스 알프레드손이 2011년에 영화화하면서 사용했기 때문입니다. 게리 올드먼, 콜린 퍼스, 톰 하디 같은 명배우들과 함께 이 굉장한 소설을 멋지게 영화화한 작품에서 감독의 연출력이 특히 돋보였던 건 이 나른하고 매력적인 〈바다〉의 노래를 배경으로 애증과 긴장, 파국을 표현한 대목이 아니었나 싶습니다.

당신이 내게
말하려 했던 것들

우
아
하
고
감
상
적
인
산
책

매우 흐리고 약간의 비. 폭우가 쏟아진 새벽을 지내고 맞은 아침, 제일 먼저 눈에 들어온 그 날의 일기예보입니다. 산책하기엔 그다지 어울리지 않는 날씨 소식에도, 이상하게 자꾸만 여름의 산책이 그리웠습니다. 여름날의 작열하는 태양이 숨을 접고, 황혼이 시작되는 시간에 발길을 내딛는 여름밤의 산책을 가만히 생각해봅니다. 달빛을 맞으며 집으로 돌아가는 길, 적당히 감상적인 마음은 봄날의 화사함과 가을의 적

요함이 부럽지 않겠지요. 작곡가 클로드 드뷔시의 〈베르가마스크 모음곡〉에 실린 〈달빛Clair de Lune〉이라는 곡이 떠오릅니다. 이 피아노 소품에는 '감상적인 산책'이라는 부제가 붙어 있는데, 여름밤 산책의 감미로움을 마치 인상파 화가의 그림처럼 매혹적으로 표현하고 있습니다. 감상적인 산책에는 우아함과 함께 약간의 쓸쓸함도 깃들어 있기 마련이지요. 프랑스 인상파 음악의 대가인 라벨의 〈우아하고 감상적인 왈츠Valses Nobles et Sentimentales〉만큼 이런 정서를 잘 느끼게 해주는 곡도 드물 것 같습니다. 아르헨티나의 피아니스트 마르타 아르헤리치의 연주로 이 곡을 처음 들었을 때의 신선하고 황홀한 느낌도 다시 살아나는 듯합니다.

산책하는 정경들을 떠올리다가 산책이 삶에 덧붙여진 한 부분이 아니라, 산책을 통해서만 삶이 이해되고 영위될 수 있다고 했던 산책자 로베르트 발저(1878~1956)가 생각났습니다. 그의 산문집 『산책자』의 「산책」 편을 펼쳐봅니다. 그 시작은 이렇습니다.

이야기는 이러한데, 어느 화창한 오전에 몇 시쯤인지 기억은 없지만 난 산책하고 싶은 생각에 모자를 머리에 눌러쓰고 내 서재 혹은 유령의 방을 나와, 층계를 내려가서,

서둘러 길로 나섰다. (···) 눈 앞에 펼쳐진 아침 세상은 난생처음 본 것처럼 너무도 아름다웠다. 내가 바라보는 모든 것이 정겹고, 선하고 생생하고 아름다운 모습이었다. 나는 좀 전까지 위층의 내 방에서 텅 빈 종이를 내려다보며 참담하게 애쓰던 일을 금세 잊어버렸다. 어떤 심각한 일 하나가 울림이 되어, 계속 내 앞과 내 뒤에 생생하게 남아 있었지만, 모든 슬픔, 모든 고통 그리고 모든 무거운 생각들이 사라진 듯했다. 산책 중에 무슨 일을 만나게, 마주치게 될지 나는 무척 기대하며 긴장했다.

산책에 관한 가장 기이하면서도 놀랍고 묘한 감동을 주는 이 산문은 아침의 기대와 함께 시작되지만 사실 끝은 이렇습니다.

그러나 무엇 때문에 꽃이 필요한가? "내 슬픔 위에 얹으려고 내가 꽃을 꺾었나?" 나는 자신에게 물었고, 꽃다발은 내 손에서 떨어져나갔다. 나는 집으로 가려고 일어났다. 왜냐하면 이미 늦어 사방이 어두웠기 때문이다.

생전엔 자신의 재능에 걸맞은 인정을 받지 못했으며, 생활고에 시달렸고, 정신병원을 드나들어야 했고, 크리스마스 아침에 산책을 하다 길을 잃고 얼어 죽은 발저를 비운의 작가라고 부르는 것은 이상할 것이 없겠지요. 평생 산책에 사로잡혔던 그의 생애를 보며 산책은 도락만이 아니라 의외로 행군과 닮은 것인지도 모르겠다는 생각을 하게 됩니다. 고되지만 그 안에 가끔씩은 위안과 보람도 있는 행군.

또 산책은 마음이 가난한 이들의 양식과 같은 것인지도 모릅니다. 그래서 흐린 날에 약간의 비가 오더라도, 그 비가 후두둑 소나기로 바뀌어도, 아니 진눈깨비가 떨어져도 산책에 나서고, 그 가운데에서 보고 느끼고 관찰하는 산책자야말로 인생의 진정한 비밀을 만나는 사람이 아닐까요? 조해진 작가의 「산책자의 행복」이라는 짧은 소설의 마지막 문장으로, 산책이 나 자신이 살아 있음을 확인하려는 행위라는 것을 다시 한번 생각해봅니다.

> "저는 살아 있습니다. 살아 있고 살아 있다는 감각에 집중하고 있습니다. 그리고 오늘 밤 제가 하고 싶은 말은 이것이 다예요, 라오슈⋯."

릴
케
의

가
을

가을은 시인의 계절이지요. 어느 시인이 가을을 사랑하지 않
을까 싶지만, 역시 가을 하면 가장 먼저 떠오르는 인물은 독
일의 시인 라이너 마리아 릴케(1875~1926)입니다. 그는 처음
시를 쓸 때는 후기 낭만주의에 영향을 받았지만, 후에는 로
댕이나 세잔 같은 예술가들에게 영감을 얻고 배워 이른바
'사물시'의 영역을 개척하고 존재를 새롭게 '보는 법'을 시에
구현하며 독일 현대시의 길을 열었습니다. 그리고 그가 오랜

길을 걸었어,
봄이더군

기간 몰두하였던 후기 걸작 시집『두이노의 비가』는 릴케를 확고하게 독일어권의 (그리고 아마도 전 유럽을 통해서도) 가장 위대한 현대시인으로 자리 잡게 했습니다. 철학자 하이데거는 릴케를 '시인 중의 시인'이라 부르기도 했지요.

그를 '가을의 시인'이라 부르는 것이 어색하지 않게 하는 3편의 아름다운 시들이 그의 『형상시집』에 실려 있습니다. 4부로 구성된 이 시집에 실린 시들은 후에『신시집』에서 완성된 새로운 시적 경향을 미리 보여주기도 합니다. 그가 아내 클라라 베스트호프를 만나는 계기가 되었던 독일의 화가촌 보르프스베데의 예술가들과 교류한 추억과 경험이 아로새겨진 작품들이기도 하지요. 가을에 관한 유명하고 아름다운 3편의 시들인「가을날Herbsttag」「가을의 끝Ende des Herbstes」「가을Herbst」은 거의 연이어 배치되어 독자들이 가을의 정취와 신비에 깊이 잠기게 합니다.

「가을의 끝」의 첫 연은 릴케에게 가을은 그저 좋은 풍광의 시절이 아니라 뼈저린 인식의 시간이라는 것을 암시합니다.

얼마 전부터 나는 모든 것이 / 변해가는 모습을 바라보고 있다. / 무언가가 일어나 움직이며 / 죽이고 고통을 주고 있다.

당신이 내게
말하려 했던 것들

한편, 「가을」의 마지막 연은 비록 가을이 나뭇잎이 떨어지듯 죽음의 그림자가 서리는 조락의 때임에도, 결국은 우리에게 구원의 시간이라는 위안을 노래합니다.

하지만 이 떨어짐을 한없이 부드럽게 / 두 손으로 받아내는 어느 한 분이 있다.

그러나 가을을 노래한 릴케의 시 중에서 가장 유명한 작품은 역시 「가을날」입니다. 이 시를 한 구절 한 구절 음미하다 보면, '감사'와 '기도'만이 '존재의 신비'에 다가서는 참다운 길이라는 것을 느끼게 됩니다.

주여, 때가 왔습니다. 지난여름은 참으로 위대했습니다. / 당신의 그림자를 해시계 위에 얹으시고 / 들녘엔 바람을 풀어놓아 주소서. // 마지막 과일들이 무르익도록 명해주소서. / 이틀만 더 남국의 날을 베푸시어 / 과일들의 완성을 재촉하시고, 진한 포도주에는 / 마지막 단맛이 스미게 하소서. // 지금 집이 없는 사람은 이제 집을 짓지 않습니다. / 지금 혼자인 사람은 그렇게 오래 남아 / 깨어서 책을 읽고, 긴 편지를 쓸 것이며 / 낙엽이 흩날리는 날에는 가로수길 사이로 / 이리저리 불안스레 헤맬 것입니다.

신학교의 '은총론' 강의가 있었던 어느 가을에 이 시를 교수 신부님께서 인용하시던 것이 기억에 남습니다. 시는 앞부분에서 우리를 절대자에게 향하도록 초대합니다. 그리고 자연과 절기의 위대함을 깨닫게 하지요. 그리고 이 시의 마지막 부분을 읊조리면서는 누구나 스스로의 내면이 얼마나 성숙되고 무르익었는지를 한 번쯤 겸허하게 살펴보게 되리라 생각합니다. 세상은 신의 그림자 속에서 그 형체를 드러내며, 자연 또한 신의 숨결로 충만하고 아름다운 질서를 보여줍니다. 따라서 우리는 우리 안에 깃든 신을 발견하고 신의 가르침으로 자신이 성숙해지고 깊어져가는지를 진지하게 살피는 사람이어야 합니다. 그것은 단지 겉으로 보기에만 단단해지고 강해져서 흔들림 없어 보이는 것을 뜻하지 않습니다. 오히려 자신의 생각과 주관을 고집하는 완고함보다는, 마음에 부드러움을 지니고 우리 안에 깃든 신의 마음을 헤아리며 그 의미들에 눈뜨고 예민하게 반응하는 데서 성숙함이 드러나는 것이지요.

이렇게 성숙해지고 완성되어 가는 인생의 기쁨에 적절한 감수성이 더해질 때, 인간 존재는 부드럽고 향기로우며 충만한 과육처럼 신성한 생명력으로 차오르게 될 것입니다. 우리가 이 가을을 성숙한 삶으로 채워야 하는 이유도 바로 여기에 있는 것이지요. 릴케가 믿고 사유한 신에 대하여 수많은 토론과 연구가 있습니다. 하지만 이 시를 감상하다 보면, 그가 신을 부를 때 가졌던 경건함에 대해서는 의심할 수 없게 됩니다.

문득, 독일의 후기 낭만주의 작곡가이며 충실한 신앙인이었던 요제프 라인베르거(1839~1901)가 작곡한 저녁기도 노래인 「밤이 되었으니 우리에게 머무십시오Bleib bei uns, denn es will Abend werden」가 릴케의 가을에 대한 시들이 남긴 여운에 잘 어울린다는 생각이 들었습니다. 가사의 내용은 엠마오에 가던 제자들이 예수님께 밤이 되었으니 우리와 함께 머물러주십사 하고 청원하는 루카복음 24장에 나오는 유명한 대목입니다. 릴케의 시와 함께 이 곡을 들으니, 마치 가을걷이 후에 주님께 감사의 기도를 분향처럼 올리는 마음입니다.

우리는 봄을 믿어야 해요

목련과 벚꽃이 피었다 지는 봄이 올 때면, 교회는 사순과 부활이라는 전례적으로 더없이 충만함에 가득 찬 시간을 보내왔습니다. 2018년 봄에는 한반도에도 '봄'이 오리라는 조심스럽지만 설레는 기대를 갖게 하는 조짐들이 있었습니다. 미완의 숙제로 남아 있던 제주4·3사건이 70년 만에 처음으로 희생자들의 해원과 명예회복을 향한 중요한 첫걸음을 떼었던 것이 그중 하나입니다. 가톨릭교회가 그 안에서 의미 있는 역할들을 하고 있어 반갑고 다행스러웠습니다. 남북관계와 북핵문제에 있어 획기적인 전환이 시작된 것 역시 봄을 기대하게 한 사건이지요. 그러나 모든 것이 찬바람에 겨우 얼굴을 내민 봄 새싹처럼 여전히 안쓰럽고 또 불안하게만 보입니다. 하지만 이런 때일수록 봄이 왔다는 것을 믿는 마음이 더욱 중요하리라 생각합니다.

이 봄의 시간에 개인적으로는 예술가들과 사상가들의 평전들을 몰아서 읽을 기회가 있었습니다. 하나는 조각가 자코메티의 생애와 예술에 대해 동시대인으로 각별한 교분을 나눈 제임스 로드가 저술한 전기 『자코메티』입니다. 다른 하나는 독일 철학자 뤼디거 자프란스키가 요한 볼프강 괴테에 대해 쓴 방대한 전기 『괴테』입니다. 그렇지만 지금 글을 쓰고 있는 저를 사로잡은 이는 미국의 재즈 피아니스트 빌 에번스(1929~1980)입니다. 클래식 피아노 연주가이자 재즈해설가로, 그의 헌신적인 팬인 피터 페팅거가 전문적인 음악적 식견과 함께 애정과 존경, 연민을 가득 담아 섬세한 필치로 저술한 『빌 에번스』를 그야말로 탐독했습니다. 재즈를 좋아하는 많은 사람에게 빌 에번스의 음악은 첫사랑 같은 기억으로 남아 있습니다.

그를 재즈 역사에서 가장 위대한 인물이라고 말하긴 어렵

길을 걸었어,
봄이더군

겠지만, 가장 아름다운 음악을 남긴 사람이라는 평에는 많은 이가 동의하리라 생각합니다. 중학생 때 처음 재즈를 좋아하기 시작하면서 그의 유명한 초기 앨범들인 〈데비를 위한 왈츠Waltz for Debby〉나 〈재즈의 초상Portrait in Jazz〉 등을 수십 번씩 들었던 기억이 납니다. 이번에 책을 읽으며 그의 음악이 제가 짐작하던 것보다 훨씬 위대하다는 것을 알게 되었고, 후기 앨범들도 찾아 들을 기회가 되었습니다. 그리고 그가 매우 훌륭한 인품을 지닌 인물이었지만, 동시에 그의 삶이 의외로 비극적이었다는 것도 알게 되었습니다.

그는 1980년, 겨우 오십의 나이에 오랜 병마와 약물 중독의 후유증으로 아깝게 세상을 떠납니다. 하지만 생애 마지막까지 음악에 대한 창조와 헌신을 포기하지 않은 진정한 예술가였습니다. 빌 에번스가 만년에 녹음하고, 그의 유작으로 발매된 〈당신은 봄을 믿어야 해요You must believe in Spring〉는 보석 같은 앨범입니다. 여기에는 비극적인 죽음을 맞은 그의 사랑하는 형 해리를 위한 〈우리는 다시 만날 거야〉, 역시 비극적으로 생을 마감한 오랜 연인 엘레인을 추모하는 〈B단조 왈츠〉를 포함하여 깨질 듯 아름다운 명곡들이 가득 담겨 있습니다.

머릿곡인 〈당신은 봄을 믿어야 해요〉는 〈셰르부르의 우산〉

으로 유명한 프랑스의 작곡가 미셸 르그랑의 멜로디입니다. 빌 에번스는 이 곡을 유명한 가수인 토니 베넷과 함께 연주한 적도 있습니다만, 이 앨범에서 느끼게 되는 이 곡의 감동은 참으로 특별합니다. 고단한 삶을 살았지만 음악으로 세상에 선물을 주고 간 이 위대한 재즈맨의 음악을 들으며 저에게, 또 벗에게 속삭여봅니다.

"그래요, 우리는 봄을 믿어야 해요."

길을 걸었어,
봄이더군

3

슬픔을 알아 행복한 이여

What
you
tried to
say to
me

슬픔의 노래

철학자 에디트 슈타인으로 더 잘 알려진 십자가의 성녀 데레
사 베네딕타(1891~1942)는 유대인이었고, 봉쇄 수녀원인 독일
쾰른 카르멜 수녀회의 수녀였습니다. 유대인이라는 이유로
아우슈비츠의 가스실에서 목숨을 잃었고, 요한 바오로 2세
는 그녀를 성인품에 올렸습니다. 그녀의 시성을 통해 요한
바오로 2세는 그녀의 성덕을 기렸을 뿐 아니라 아우슈비츠가
상징하는 유대인들의 슬픈 운명을 기억하고, 유럽의 새로운

영성적 각성을 촉구했습니다.

1891년 10월 12일, 유대인의 가장 큰 속죄일인 '욤 키푸르'에 독일 문화권이었던 폴란드 브로츠와프의 유대인 가정에서 태어난 에디트 슈타인은 현상학의 창시자인 에드문트 후설의 제자로, 철학적 재능을 인정받아 현상학의 중요인물로 철학사에 자리잡았습니다. 젊은 시절에 신앙을 잃기도 했지만, 타협 없이 진리를 추구하는 철학적 탐구는 그녀에게 동시에 신을 향한 여정이 됩니다. 동료 철학자의 집에서 접하게 된 아빌라의 성녀 데레사의 자서전은 그녀를 가톨릭 신앙으로 이끄는 결정적 계기가 됩니다. 1922년 1월 1일 가톨릭 신앙에 귀의한 후, 에디트 슈타인에게 있어 이제 현상학적 탐구는 토마스 아퀴나스를 중심으로 하는 그리스도교 철학에 대한 연구와 만나게 하고, 신앙적, 신비적 구도의 길을 본격적으로 시작하게 합니다.

마침내 1933년 퀼른의 카르멜 수녀원에 입회하여 1934년에는 종신서원을 합니다. 유대인 박해가 본격화되자 1938년 네덜란드의 카르멜 수녀원으로 피신하지만, 결국 1942년 게슈타포에 의해 체포되고 아우슈비츠 수용소로 후송된 지 일주일 만에 가스실에서 목숨을 잃게 됩니다. 에디트 슈타인은 아우슈비츠의 슬픔과 고통을 상징하는 인물이자, 이러한 비

슬픔을 알아
행복한 이여

극의 자리에서 우리가 어떻게 하느님에 대해 생각하는가를 고민하게 하는 인물이기도 합니다.

아우슈비츠는 시대의 폭력과 어둠의 상징이며, 하느님의 자비와 정의를 묻는 이들에 대한 도전이었습니다. 요한 바오로 2세 이후 역대 교황들이 아우슈비츠를 방문하는 것은 이러한 엄중한 의미를 교회가 잘 알기 때문입니다. 교황 프란치스코 역시 폴란드에서 가톨릭 세계청년대회가 있었을 때 아우슈비츠 강제수용소를 방문하여 침묵 중에 기도하였습니다. 아우슈비츠는 많은 이들에게 '신의 침묵'의 시간이었습니다. 하지만 에디트 슈타인처럼 고통받는 이들과 함께 하느님이 바로 그 자리에 계셨음을 증언하는 이들이 있었습니다.

전쟁과 제노사이드라는 야만에 대해 고발하며 희생자들의 슬픔을 위로하고 애도하면서도, 그러한 슬픔의 시간 속에서도 하느님의 자비에 희망을 거는 간절한 마음을 표현한 명곡이 있습니다. 폴란드의 작곡가 헨리크 구레츠키의 교향곡 3번 〈슬픔의 노래Symphony of Sorrowful Songs〉입니다. 느리지만 애절한 두 번째 악장이 주는 특별한 감동을 잊기 어렵습니다. 여기에서 소프라노가 부르는 애가의 가사는 제2차 세계대전 중 한 소녀가 게슈타포의 지하 수용소에서 어머니께 남긴 글에서 따왔다고 합니다.

당신이 내게
말하려 했던 것들

아, 엄마, 울지 말아요 / 천상의 정결한 여왕께서 / 언제나
우리를 지켜주실 거예요 / 아베 마리아.

아우슈비츠를 비롯해 강제수용소에서 벌어진 유대인 대학살
'쇼아Shoah'와 전쟁의 비극과 고통, 분노와 슬픔을 주제로 한
구레츠키의 이 곡은 1976년에 작곡되었는데 현대곡으로는
이례적으로 많은 사랑을 받고 있습니다. 이 곡은 현대음악이
난해한 음악적 기법의 실험이 아니라 영적 통찰과 깊은 정서
를 담는 그릇일 수 있음을 알려주었습니다. 평화와 영성, 그
리고 슬픔을 위로하는 진심을 담은 이 곡이 전 세계에 알려
진 계기는 1992년에 지휘자 데이비드 진먼이 런던 신포니에
타를 지휘하고, 소프라노 돈 업쇼가 독창을 맡은 음반이 그래
미상을 받으며 이례적으로 높은 음반 판매고를 올렸기 때문입
니다.
구레츠키의 대작과 함께 전쟁의 고통과 슬픔 속에서 희망을
갈구하는 아름다운 합창곡도 들으면 좋을 듯합니다. 1980년
생인 노르웨이의 젊은 작곡가 킴 안드레 아르네센이 작곡한
〈비록 그분이 침묵할지라도Even when he is silent〉입니다. 참신
한 멜로디와 아름다운 화성이 담긴 곡이지만, 이 곡이 남다
르게 다가오는 것은 바로 가사 때문입니다. 작곡가 아르네센

슬픔을 알아
행복한 이여

은 제2차 세계대전 때 독일 쾰른의 한 지하실 창고에 적혀 있던 기도문에 이 곡을 붙였습니다. 그곳은 유대인들이 숨어 있던 곳으로, 이 기도문은 곧 많은 이에게 알려졌고 비극의 현장인 바르샤바의 게토에서도 발견됩니다. 두려움과 절망 속에서도 신앙과 희망을 버리지 않았던 이들은 이렇게 기도 했겠지요.

나는 태양이 비추지 않는다 해도 태양을 믿습니다. / 나는 사랑이 주변에 없는 듯 느껴져도 사랑을 믿습니다. / 그리고 나는 그분이 침묵하신다 하더라도 하느님을 믿습니다.

아르네센의 곡을 세인트올라프대학 합창단의 목소리로 들으며 슬픔을 기억하는 것에 대해 생각합니다. 그리고 '신의 침묵' 속에서도 그들이 잃지 않았던 신앙과 희망을 경외의 마음으로 다시 한번 가슴에 새겨봅니다.

토
성
의

영
향

아
래

널리 사랑받는 영국 작가 알랭 드 보통이 우리나라의 한 방
송프로그램과 화상 인터뷰를 하는 장면을 본 적이 있습니다.
여러 질문에 재기 있으면서도 호의 어린 대답을 하더군요.
역시 그다웠습니다. 가장 인상적이었던 것은 '한국인들이 행
복하다고 생각하는가'라는 질문에 '아니요'라고 단언하면서
도, 그것이 문제라 생각하지 않는다는 대목이었습니다. 스스
로 행복하지 않다고 생각하는 것이 어쩌면 좋은 출발일 수

슬픔을 알아
행복한 이여

있다고 평가하면서 한국 사람들이 '멋진 멜랑콜리'를 가지고 있다고 대답합니다. 슬퍼할 줄 안다는 것이지요. 그의 말대로 슬퍼할 줄 아는 것도 덕이자 힘입니다. 우리가 흔히 우울감이라고 쉽게 정의하며, 아프거나 약한 모습이라고 부끄러워하는 이 '멜랑콜리'를 진지하게 생각해볼 필요가 있습니다.

서양 사상에서는 전통적으로 멜랑콜리라는 감정을 '토성'의 알레고리로 바라보았습니다. 단 3편의 소설만을 남긴 채, 불의의 교통사고로 타계한 독일 작가 W. G. 제발트(1944~2001)의 『토성의 고리』는 사멸과 덧없음, 신음과 부르짖음이 배어 있는 폐허와 파편들 속에서 문명의 승전보다 희생자의 아픔을 바라볼 줄 아는 성정이 멜랑콜리임을 말해줍니다. 이는 이 책을 시작하는 제사만 봐도 알 수 있습니다.

> 토성의 고리는 적도 둘레를 원형궤도에 따라 공전하는 얼음 결정과, 짐작건대 유성체의 작은 입자들로 구성되어 있다. 아마도 과거에는 토성의 달이었던 것이 행성에 너무 가까이 위치하여 그 기조력으로 파괴된 결과 남게 된 파편들인 것으로 짐작된다.
>
> —『브로크하우스 백과사전』

걸어서 성지순례를 떠나기로 결정한 사람들, 강가를 따라 걸어가면서 패배자들의 투쟁과 깊은 절망의 끔찍함을 이해하지 못한 채 방관하는, 영혼이 불행한 사람들을 맨 먼저 용서해야 한다.

– 조지프 콘래드가 마르그리트 포라도프스카에게 보낸 편지

우리는 제발트가 어떤 방향으로 글을 전개할지 예상하게 됩니다. 그는 토성에 대한 과학적이고 사실적인 백과사전적 설명을 인용하면서, 토성이라는 상징이 그 물성 자체와도 상통하고 있음을 연상시키고자 했던 것 같습니다. 토성의 고리가 '파편'들이라는 것을 상기시키도록 한 것이지요. 또한 조지프 콘래드의 편지에서 인용한 구절은 역사의 '패배자'들의 슬픔과 아픔에 공명하지 못하는 것이 얼마나 큰 정신적, 도덕적 빈곤인지에 대한 통찰이 담겨 있습니다.

제발트의 토성과 멜랑콜리에 대한 사유의 뿌리에는 아마도 철학자이자 문학평론가인 발터 베냐민(1892~1940)의 선구적인 통찰이 있었을 것입니다. 나치 시대에 비극적 죽음을 선택한 베냐민은 현대의 폭력 비판철학의 가장 큰 원천이자 현대 문학비평에 깊고 지속적인 영감을 준 인물입니다.

미국 지성계의 스타였던 수전 손태그(1933~2004)는 발터 베

슬픔을 알아
행복한 이여

냐민에게 「토성의 영향 아래서Under the Sign of Saturn」라는 글을 헌정했습니다. 여기서 손태그는 베냐민이 가진 '토성'이 상징하는 기질에서 시작해 그의 작업을 살펴보고 있습니다. 손태그는 베냐민에 대한 헌사라고도 할 수 있는 이 글을 중심으로 엘리아스 카네티, 앙토냉 아르토, 롤랑 바르트, 한스 위르겐 지버베르그 등 난해하다고 알려진 지식인들에 관한 일련의 인상적인 비평들을 『토성의 영향 아래서』라는 제목의 책으로 출간했습니다. 우리나라에서는 『우울한 열정』이라는 제목으로 번역되었지요. 이 책은 체계적인 연구서가 아니라 각기 독립적인 비평들을 모아둔 것이지만, 찬찬히 읽다 보면 각각의 글 사이의 교차적인 만남과 서로 다른 인물들의 목소리가 어느 사이엔가 마치 다성음악같이 중첩되어 들려오는 듯합니다. 책의 제목이 각 글을 관통하는 주제로 등장하지는 않지만, 책을 다 읽고 나서는 문득, 발터 베냐민의 사유가 잘 드러나지 않았던 주 선율이었음을 깨닫게 됩니다. 예를 들면, 독일의 영화감독 한스위르겐 지버베르그에 대해 논하며 다음과 같이 베냐민의 사유를 소환하는 것이지요.

베냐민은 멜랑콜리가 진정한 (다시 말해 정당한) 역사적 이해의 근원이 된다고 했다. 그가 쓴 마지막 글에서 베냐민은 역사에 대한 진정한 이해는 '심장의 나태함, 무감동에서 기인하는 공감의 과정'이라고 했다. 지버베르그는 멜랑콜리에 대한 베냐민의 긍정적이며 도구적인 관점 일부를 공유하며, 멜랑콜리의 상징으로 자기 영화에 방점을 찍는다. 그러나 지버베르그한테는 토성적 기질에서 나타나는 양가적 방점을 찍는다. 그러나 지버베르그한테는 토성적 기질에서 나타나는 양가적 감정, 느림, 복잡성, 긴장감이 없다. 지버베르그는 진정한 멜랑콜릭이 아니라 열광자이다. 그러나 그는 멜랑콜릭 특유의 장치를 사용한다. 알레고리적 장치, 부적, 비밀스러운 자기 언급 등. 그리고 억누를 수 없는 분노와 열광의 재능을 가지고 그는 '애도 행위'를 한다.

수전 손태그는 발터 베냐민이 자신의 우울한 기질에 대해 누구보다 잘 알고 있었음을 상기시키며 다음과 같이 베냐민의 말을 인용합니다.

나는 토성의 영향 아래 태어났다. 가장 느리게 공전하는 별, 우회와 지연의 행성….

슬픔을 알아
행복한 이여

손태그는 『독일 비애극의 원천』 같은 베냐민의 중요작품을 이해하기 위해서는, 베냐민이 멜랑콜리에 대한 이론에 얼마나 깊이 심취했었는지를 염두에 두는 것이 필수라고 이야기합니다. 그런 맥락에서 베냐민의 친우이자 유대이즘 학자였던 게르트 숄렘이 베냐민의 인격과 사상을 '심오한 슬픔'이라 칭했던 사실을 전해줍니다. 손태그는 베냐민이 분석하고 감지하는 멜랑콜리의 여러 층위의 특성들을 추적해가는데, 특별히 다음과 같은 설명이 인상적이었습니다.

베냐민은 우울한 인간과 세상 사이의 심오한 상호작용은 언제나 사물에서(사람이 아니라) 일어난다는 것을 간파한다. 그리고 이것이 바로 의미를 드러내는 진정한 상호작용이다. 우울한 인물은 죽음의 그림자에 쫓기고 있기 때문에 세상을 어떻게 읽어야 할지 가장 잘 아는 사람은 바로 우울증 환자이다. 혹은, 세계는 다른 누구도 아닌 우울한 인간의 관찰에 스스로를 내맡긴다고 할 수 있을 것이다.

베냐민이 '토성의 영향 아래서' 세계를 만나는 방식을 가만히 생각해봅니다. 깊은 우울함이 소스라치게 느껴지기도 하지만, 세상을 보고 싶은 대로가 아니라, 그것이 신음하는 그

당신이 내게
말하려 했던 것들

대로 감지할 수 있다는 것이 어떤 의미인지 곱씹어봅니다. 슬픔을 빗겨 가는 것이 아니라 그 한복판까지 내려가 애도하는 존재가 될 수 있는가를 스스로에게 물어보게 됩니다.

그룹 로로스의 리더였던 도재명은 근년에 수전 손태그의 이 에세이에서 영감을 얻어 〈토성의 영향 아래〉라는 앨범을 내놓았습니다. 소리꾼이자 인디밴드를 이끄는 이자람과 함께 한 표제곡 〈토성의 영향 아래〉를, 이 노래를 둘러싸고 있는 감성적인 두 곡의 연주곡 〈토성의 소나타Sonate de Saturne〉 〈디아스포라Diaspora〉와 함께 이어 듣다 보면, 어느새 '슬픔을 아는 이들'의 마음에 가까이 다가서게 됩니다.

예수님이 마태오복음 5장과 루카복음 6장에서 전해주시는 '행복선언'은 너무나 유명한 말씀입니다. 그 가운데 이런 구절이 있습니다.

"행복하여라, 슬퍼하는 사람들! 그들은 위로를 받을 것이다." (마태 5, 4)

슬픔을 아는 사람이야말로 행복하다는 것, 그것이야말로 '토성의 영향' 아래서 겪는 갈등과 고뇌가 귀한 이유일 것입니다.

슬픔을 알아
행복한 이여

감
사
함
에

대
하
여

퓰리처상을 수상한 시인 메리 올리버의 산문집 『완벽한 날
들』을 읽다가 「아침산책」이란 아름다운 시를 발견하고 좋아
한 적이 있습니다. 그 시가 다시 읽고 싶어졌습니다.

감사를 뜻하는 말들은 많다. / 그저 속삭일 수밖에 없는
말들. / 아니면 노래할 수밖에 없는 말들. / 딱새는 울음
으로 감사를 전한다. / 뱀은 뱅글뱅글 돌고 / 비버는 연못

위에서 / 꼬리를 친다. / 솔숲의 사슴은 발을 구른다. / 황
금 방울새는 눈부시게 빛나며 날아오른다. / 사람은, 가
끔, 말러의 곡을 흥얼거린다. / 아니면 떡갈나무 고목을
끌어안는다. / 아니면 예쁜 연필과 노트를 꺼내 / 감동의
말들, 키스의 말들을 적는다.

나의 행동과 생각과 감정을 억누르는 것이 덕이 아니라는 것
을 인생의 어느 순간부터 확신하게 되었습니다. 살아 있는
감정을 온전히 느끼고 그 감정을 자유롭고 꾸밈없이 표현하
는 것이 오히려 절제와 기도하는 삶을 통해 얻게 되는 열매
라고 생각합니다. 그중에서도 메리 올리버가 노래하듯 '감사'
야말로 우리가 왜곡 없이 자연스럽게 느끼고 숨김없이 표현
할 줄 알아야 하는 가장 아름다운 감정이 아닐까요? 시인은
세상 모든 일에 혹은 모든 존재에 감사해야 한다고 말하고
있는 듯합니다.
세상이 이토록 아름다운 건 어떤 의미일까? 그리고 난 그것
에 대해 어떻게 해야 할까? 내가 세상에 주어야 할 선물은
무엇일까? 나는 어떤 삶을 살아야 하는 걸까? 이러한 질문
과 그에 대한 답을 모색하는 중에 비로소 우리는 자기 자신
을 발견해갑니다. 우리가 존재의 신비에 감동하고 감사하는

슬픔을 알아
행복한 이여

마음을 갖지 않는다면, 어떤 성공과 성취를 했다고 해도, 아니면 많은 희생과 절제를 한다고 하더라도 그저 자기 아집에 사로잡힌 사람일 뿐입니다. 세상이, 인생이 살맛 나려면 사실 거창하고 대단한 것들만 추구하는 마음을 버려야 합니다.

이것은 한 사람의 삶의 단계에서나 또 사회 전체의 차원에서나 큰 과제가 되어버린 '중년의 위기'와도 관련이 있습니다. 우리는 세상 물정도 잘 알고, 경험도 풍부하고, 또 자리도 잡을 만큼 잡은 '중년의 인생'이 의외로 내면에서부터 우울과 불만족으로 가라앉고 있을 때가 많다는 것을 냉정히 바라볼 필요가 있습니다. 그러한 불행한 심정에 잠겨 있는 것은 거창하고 대단한 것에, 혹은 손에 잡힐 듯한 성취에 마음을 빼앗겼기 때문일지도 모릅니다. 중년의 시기를 축복의 시기로 바꿀 줄 아는 사람들은 그들이 많은 것을 이루었고 사회적 입지가 탄탄하고, 인간관계 안에서 권력을 가지고 있기 때문이 아닙니다. 오히려 그들은 비우는 기쁨을 배웠고 심각하고 거창한 일의 중요함만이 아니라 소소한 재미와 기쁨들이 인생에서 얼마나 중요한지를 아는 지혜를 가졌기 때문입니다. 처음부터 커다란 기쁨만을 기다린다면, 기쁨을 알아볼 감수성을 잃게 됩니다. 그러니 일상의 작은 기쁨과 즐거움을 무시하지도, 그렇다고 집착하지도 않아야 합니다. 대신 매 순간 감사할 줄 안다면, 우리는 조금씩 슬픔과 상실의 시간을 딛고 기쁨을 넉넉히 담을 그릇을 마음속에 키워갈 수 있을 것입니다. 미국 메이저리그의 유명한 야구선수 루 게릭(1903~1941)을 보면 감사함을 아는 것이 한 사람의 삶을 얼마나 아름답게 만드는지를 알게 됩니다. 저 유명한 베이브 루스와도 비길 만큼 전설적인 선수였던 그가 뉴욕 양키스에서 은퇴할 때 그의 등번호 4번은 영구결번이 되었습니다. 프로 운동선수에게 가장 영예롭다는 이러한 전통이 바로 그에게서부터 시작되었다고 합니다. 은퇴한 지 80년이 넘게 지났지만 그는 아직도 많은 미국인에게 존경을 받고 있습니다. 물론 그의 엄청난 경력과 기록이 그를 계속 기억하게 했지만, 특별한 이유는 1939년 7월 4일 은퇴식 때 양키 스타디움에서 한 연설 때문이었습니다.

루 게릭은 '근위축성측색경화증'이라는 병을 앓게 되어 선수 생활을 접어야 했습니다. 서른여덟이라는 젊은 나이에 생을 마감하게 한 이 무서운 병은 그가 죽고난 뒤 '루게릭병'으로 불리게 됩니다. 그의 생애는 대배우 게리 쿠퍼가 주연한 추억의 영화 〈야구왕 루 게릭The Pride of the Yankees〉을 통해 전 세계 사람들에게 더욱 인상적으로 기억되었지요. 어렸을 때 이 영화를 보면서, 마지막 연설 후 퇴장하는 그의 뒷모습에

슬픔을 알아
행복한 이여

눈시울을 적셨던 기억이 생생합니다. 그런데 2014년에 이 전설적인 연설이 그의 은퇴 75주년을 기념하며 여러 언론에 거듭 조명되는 것을 보고, 연설 영상과 연설문을 다시 찾아보게 되었습니다.

감동이 컸고 어렸을 때와는 또 다르게 인생의 중요한 깨달음을 얻은 기분이었습니다. 미국 메이저리그 '명예의 전당Hall of Fame' 공식 홈페이지에서 그의 연설 영상과 원문 텍스트를 볼 수 있는데, 특히 메이저리그를 대표하는 스타 선수들이 그 연설을 한 구절씩 말하며 경의를 표하는 영상이 인상적이었습니다. 이는 루 게릭의 은퇴 연설이 미국 대중문화에서 얼마나 큰 의미를 가지는지 실감하게 합니다. 자신을 "지상에서 가장 운 좋은 사나이"라고 칭한 그의 연설은 링컨 대통령의 연설에 빗대어 '야구계의 게티스버그 연설'이라고 불릴 정도이니까요.

루 게릭은 은퇴식에서 구장을 가득 채운 자신의 팬들에게 자신이 맞이한 운명에 대해 솔직하게 말합니다. 그러면서 이러한 병고에도 자신이 세상에서 가장 행복한 사람이라고 고백합니다.

"지난 2주 동안 제가 맞이한 불운에 대해 읽으셨으리라 생

각합니다. 그러나 오늘 저는 제 자신을 지상에서 가장 운
좋은 사람이라 생각합니다. 이 운동장에 17년간 있으면서
제가 받은 것은 팬들로부터의 호의와 응원이었습니다."

이어 그는 자신의 가족과 동료들을 감사와 찬사로 기억하며
이런 이들에게 둘러싸여 있었던 자신이 얼마나 크고 특별한
축복을 받은 행운아인지를 고백합니다. 그리고 용기와 힘을
주는 든든한 탑과 같은 자신의 아내에게 감사와 찬탄을 표
합니다. 끝으로 다음과 같이 후대에 오래오래 기억될 마지막
구절로 연설을 맺습니다.

"이제 저는 비록 제가 이런 불운에도 살아야 할 많은 이유가
있다고 말하며 이만 이야기를 마치겠습니다. 감사합니다."

루 게릭의 연설은, 역대 미국 연설 가운데 정치가가 아닌 사람
으로는 드물게 '명연설 100편'에 든다고 합니다. 겨우 300여
단어에 불과한 길지 않은 루 게릭의 연설에는 어떤 수사도
없었습니다. 그럼에도 사람들은 그 짧은 연설 안에서 불치병
이라는 절망적인 상황에도 자신에게 주어졌던 모든 것에 감
사하는 그의 진심을 느낀 것이지요.

슬픔을 알아
행복한 이여

큰 불행은 분명 우리를 고통스럽게 합니다. 하지만 지금껏 주어진 것들에 감사하고 기억할 줄 아는 사람에게는 그 불행이 그 사람의 삶을 결코 무의미하게 만들지 않으리라는 것을 루 게릭을 통해 다시 한번 배웁니다. 매일 만나는 사람들, 마주치는 사건들, 작은 자연의 존재들, 이 모든 만남 안에서 감사함을 느끼고 배우는 것이야말로 우리가 삶을 행복하게 살고, 행복하게 맺을 수 있는 길이라는 것을 확신합니다.

특별하지 않다는 기쁨에 대하여

마음을 꽁꽁 얼어붙게 하는 추위에도 서서히 겨울이 빠져나 갈 준비를 하고 있음을 느낀다면, 바로 졸업식의 시기가 온 것일 테지요. 삶의 중요한 단계를 마무리하고 새로운 시작을 준비하는 학생들을 보면 참으로 대견하고 흐뭇합니다. 그러 면서도 세상이 만만치 않음을 알기에 이 아이들이 새로운 자 리에서 겪을 성장통을 생각하면 안쓰러운 마음도 듭니다. 경쟁과 성공의 이데올로기에 사로잡힌 사회 분위기 속에서

171

슬픔을 알아
행복한 이여

함께 행복하게 살아가는 삶의 길을 이들이 잘 발견할 수 있을까 하는 걱정과 어떻게 그들을 도울 수 있을지 고민하는 마음이 유난히 깊어지는 때이기도 합니다. 졸업식마다 축사들이 넘치겠지만, 빈말이나 어른들의 기대가 아닌 학생들 한 명 한 명에게 힘을 주는 사랑과 지혜가 가득한 말은 만나기 쉽지 않습니다. 그래서인지 몇 년 전 신문기사에서 접한 미국의 한 고등학교 졸업식 축사가 오래 기억에 남습니다.

2012년 6월 1일 보스턴의 웰즐리 고등학교에선 이 학교 출신 명사가 축사하는 관행을 깨고, 영문학 선생님인 데이비드 매컬러 주니어가 '여러분들은 특별하지 않습니다You are not special'라는 주제로 축사를 맡았습니다. 다른 사람보다 우월한 승리자가 되는 것이 성공이라는 생각을 버리고, 다른 사람들과 함께하는 행복한 삶에 눈을 두라는 이 축사에서 다음 대목은 특히 인상적이었습니다.

"단지 깃발을 꽂으려고 산에 오르지 마세요. 맑고 신선한 공기를 마시며 경치를 즐기세요. 세상이 당신을 보게 하려고 산에 오르지 말고, 당신이 넓은 세상을 볼 수 있도록 산에 오르세요. 인생의 가장 큰 기쁨은 우리가 특별하지 않다는 걸 느낄 때 찾아옵니다. 왜냐하면 우리는 모두 특별한 존재이기 때문입니다."

이 글에서 학생들에게 성공이 아닌 행복의 길을 전해주고 싶은 데이비드 선생님의 마음이 느껴졌습니다. 그리고 우리 시대의 위대한 영성가이자 트라피스트 수도원 수도자였던 토머스 머튼(1915~1968) 신부의 영성과도 통하고 있다는 생각이 들었습니다. 그의 영성에서 가장 중요한 깨달음은 '다른 이들과 다르지 않다'는 데서 오는 행복입니다. 우리가 느끼는 행복감과 성취감은 내가 '다른 이들과 다르다'라는 데서 오곤 합니다. 그 우월감과 독자성을 위해 우리는 참으로 많은 노력을 하지요. 그러나 머튼은 우리의 가장 큰 행복은 우리가 '다른 이들과 다르지 않게' 인간 존재에 속해 있다는 바로 그 진리에 있음을 알려줍니다. '특별하지 않음'에서 오는 행복감은 일상에서의 위안과 기쁨만이 아니라 내면적 존재에 닿은 매우 깊은 차원의 깨달음에서 오는 것이기에, 다함이 없고 헛되지 않습니다. 머튼은 이러한 영적 체험을 한 것이 깊은 밤, 고절한 수도원 성당에서가 아니라 사람으로 가득 찬 거리 한복판을 걷는 매우 일상적인 상황에서였다는 것을 다음과 같이 전해줍니다.

슬픔을 알아
행복한 이여

루이빌 상가 중심에 있는 4번가와 월넛가의 한 모퉁이에서 나는 감격하여 어찌할 바를 몰랐다. 거리를 오가는 이 사람들을 모두 사랑하며 그들은 나의 것이고 나는 그들의 것이며, 비록 서로 낯선 사람들이지만 우리는 서로 이질적인 사람일 수 없다는 것을 갑자기 깨달았던 것이다.

머튼의 이러한 체험을 적어놓은 묵상은 그가 1956년부터 1965년까지 영적 묵상과 수도원에서의 체험, 문화비평 등을 적은 메모들을 편집해 출간한 『토머스 머튼의 단상』에 실려 있습니다. 이 책은 머튼의 가장 아름답고 심오한 성찰을 담고 있는 책 중 하나지요. 머튼은 그날 자신이 체험한 근본적 깨달음을 계속해서 다음과 같이 적고 있습니다.

다르다는 착각에서 벗어났다는 느낌에 너무도 안심하고 기쁜 나머지 하마터면 큰 소리로 웃음을 터뜨릴 뻔했다. 나의 행복은 다음과 같이 표현할 수 있을 것이다. "감사합니다, 하느님. 제가 다른 사람들과 같고 다른 사람들 가운데 하나인 것에 감사드립니다."

이처럼 일상의 한복판에서 얻은 깨달음은 머튼으로 하여금

'하느님이 인간이 되셨다'는 그리스도교의 근본진리가 무엇을 의미하는지를 비로소 깊이 묵상하게 합니다. 사람들은 다른 이보다 자신이 나은 존재라는 것을 확인하며 얻는 성취감을 가장 큰 행복으로 여기는 때가 많습니다. 그러나 이런 사고방식은 우리를 끊임없이 경쟁구도 속으로 밀어 넣고, 우리의 삶을 불행하게 합니다. 토머스 머튼은 우리에게 가장 큰 행복은 내가 하느님의 사랑 안에서, 다른 이들과 마찬가지로 같은 '인간'임을 깨우칠 때 온다는 것을 일깨우고 있습니다.

분별과 행복

소비사회를 사는 즐거움을 말하자면 무엇보다 선택의 폭이 넓다는 것입니다. 여행지를 선택하거나 상품을 사는 데 있어서 요즘처럼 선택의 여지가 많았던 적은 없었습니다. 그런데 이렇게 어마어마하게 확장된 선택의 폭은 처음에는 행복감을 주지만 자칫하면 오히려 삶을 망칠 수 있습니다. '선택의 역설'이지요. 행복에 관한 최근의 여러 책은 이 현상을 주의 깊게 관찰하고, 이로 인해 오늘을 사는 사람들이 겪는 커다란 어려움과 불만족의 이유를 설명하곤 합니다.

스위스의 경영전문가 롤프 도벨리는 자신의 저서 『스마트한 생각들』에서 현대인들이 과거와 다른 선택의 폭을 지니고 있지만, 이것은 꼭 축복만이 아니며 오히려 삶에서 방향을 잃게 하는 큰 이유가 되고 있음을 잘 설명하고 있습니다.

선택의 역설 앞에서 우리가 만나는 어려움은 이중적이라 할 수 있습니다. 먼저 너무 많은 것이 있어 선택 자체가 어렵습니다. 선택한 후에도 그것이 최상의 선택이었는지 확신을 가질 수도 없지요. 그러다 보니 다른 사람이 선택한 것들에 기웃거리며 선망과 질시, 우월감 같은 건강하지 않은 감정에 시달리게 됩니다. 결국 풍요로움 속에서 사람들은 자연스러운 삶의 기쁨보다는 신경증만 얻게 되지요. 선택의 역설에 대해 곰곰이 생각해보면 결국 삶은 본질적인 것에 뿌리내릴 때만 그 외의 다양한 것들을 지혜롭게 선용할 수 있다는 점을 확인하게 됩니다. 소비사회 속에서 신기루같이 셀 수조차 없는 많고 끊임없이 증식되는 욕망의 대상에 마음을 빼앗겨서는 결코 행복과 기쁨을 얻을 수 없기 때문입니다. 올바른 선택을 하게 하는 분별의 지혜 없이는 행복한 삶을 살 수 없는 것이지요.

사람답게 살아간다는 것은 삶에서 만나는 중요한 선택의 갈

슬픔을 알아
행복한 이여

림길에서 올바른 판단을 내리고 실행하는 것을 의미합니다. 그 선택이 조금은 소소하다 할 만큼 일상적인 것일 때도 있고, 때로는 인생의 흐름을 바꿀 만큼 중요한 것일 때도 있습니다. 이러한 선택들 중에서 특히나 인생 전체에 관하여 의미 있는 것은 우리가 '윤리적, 도덕적 선택'이라 부르는 선과 악을 분별하는 것입니다. 왜냐하면 윤리적이고 도덕적인 선택은 결국 우리의 인격과 사람됨 전체를 반영하기 때문입니다.

올바른 윤리적 선택을 돕는 원천은 '지혜롭게 분별하는 마음'입니다. 이것 없이는 부나 성공, 건강 같은 자신에게 유익한 모든 것이 허사일 뿐입니다. 문제는 아무리 지혜로운 삶을 추구한다 한들, 갖가지 유혹이 깃든 세상에서 복잡하게 얽힌 인간사를 대하며 자신만의 힘으로 이러한 분별력을 유지하는 것이 매우 어렵다는 사실입니다.

분별의 지혜를 애타게 구하는 이 시대에, 성서에서 지혜로운 이의 모범으로 삼는 고대 유다의 왕 솔로몬에 대해 한번 주목해볼 필요가 있습니다. 솔로몬의 지혜는 어디에 근원을 두고 있을까요? 솔로몬이 왕으로 등장하는 구약성서 열왕기 상권을 보면 그는 스스로를 어린아이라 부르면서 '듣는 마음'을 달라고 하느님께 청합니다(1열왕 3, 4-15). 그는 듣는 마음을 통해 선과 악을 분별하고 백성을 올바르게 이끌 수 있기

당신이 내게
말하려 했던 것들

를 진심으로 소망했던 것이지요. 가장 지혜로웠던 그가 겸허한 태도를 지닌 '가난한 마음의 기도자'였다는 것을 기억하는 것이 아마도 행복의 길을 묻는 우리가 서야 할 출발점일 것입니다. 그리고 분별력을 청함에 있어 그가 가장 앞서 '듣는 마음'을 청한 것을 눈여겨보아야겠지요. 주변의 소리를 겸허하게 듣는 마음이 있는 사람에게만 분별의 지혜는 자라고 보존됩니다. 그리고 솔로몬이 이러한 분별의 지혜를 다른 이들을 위한 선정을 펼치기 위해 청했다는 것도 기억해야 합니다. 겸허한 마음, 듣는 마음, 타인을 돌보는 마음이 있는 사람이어야 진정한 분별의 지혜를 깨칠 수 있는 것이지요. 이런 이들은 세속적 성공이나 물질적 풍요도 분별의 지혜로 대하게 될 것입니다. 결국 분별의 지혜를 갖는다면 행복의 열쇠를 얻는 것이겠지요.

성서의 시편을 읽다 보면 세상의 물질적 풍요와 명성을 '풀잎'에 비유하는 대목을 자주 만나게 됩니다. '헛되다'는 가르침이자 고백이지요. 그럼에도 오늘날 사회를 바라보면 물질이 풍족한 사람이든 가지지 못한 사람이든 물질에 너무나 깊이 집착하고 있습니다. 이러한 사고와 태도가 우리의 생각과 선택을 얼마나 지배하고 있는가를 생각해보게 됩니다. 물질적 풍요와 사회적 성공이 중요한 것은 사실이지만, 선택을

슬픔을 알아
행복한 이여

위한 절제와 분별의 지혜가 없다면 진정한 행복은 결국 요원
할 것입니다.

하느님의 셈법

마태오복음 20장 1절부터 16절까지를 보면 현대인의 경제 논리로는 쉽게 이해하기 어려운 비유 하나가 나옵니다. 포도 밭 주인이 포도밭에서 일할 일꾼을 찾습니다. 그는 새벽 일 찍 나가 일꾼을 들이고, 또 아침 9시쯤에도 나가 아직 일감을 얻지 못한 이들을 포도밭에서 일하게 합니다. 정오와 오 후 3시쯤에도 나가 그날 일할 사람을 고용합니다. 오후 5시 에도 여전히 일감을 얻지 못해 서 있는 사람들을 발견하고는

슬픔을 알아
행복한 이여

그들에게 일거리를 줍니다. 마침내 저녁이 되자 주인은 그들
모두에게 '정당한' 품삯을 '똑같이' 줍니다. 이때 가장 먼저
일을 시작한 이들이 항의하자 주인은 '모든 이'에게 그날의
정당한 품삯이 주어졌다는 것을 선언하며 다음과 같이 반문
합니다.

> "친구여, 내가 당신에게 불의를 저지르는 것이 아니오. 당
> 신은 나와 한 데나리온으로 합의하지 않았소? 당신 품삯
> 이나 받아서 돌아가시오. 나는 맨 나중에 온 이 사람에게
> 도 당신에게처럼 품삯을 주고 싶소. 내 것을 가지고 내가
> 하고 싶은 대로 할 수 없다는 말이오? 아니면, 내가 후하
> 다고 해서 시기하는 것이오?"(마태 20, 13-16)

이 복음의 비유에서 예수님께서는 소외된 이들에게 먼저 다
가가 그들이 자신 몫의 일과 존엄을 찾도록 하는 인자하고
사려 깊은 포도밭 주인의 모습, 곧 하느님의 얼굴을 전해주
십니다. 그리고 '하느님의 셈법'도 알려주십니다. '정당한 품
삯'은 바로 모든 이가 존엄을 가지고 살 수 있는 것을 의미합
니다. 인간의 경제 논리를 넘어서는 것이지요.
19세기 중반에 활동한 영국의 뛰어난 문필가이자 예술가

이며 열렬한 사회 사상가였던 존 러스킨(1819~1900)은 연민과 도덕이 결여된 자본주의와 자유주의가 개인과 사회에 가져오는 큰 해악을 마르크스보다도 앞서 격렬하게 비판하였습니다. 그는 이 복음의 비유에 깊은 감명과 영감을 받았고, 여기에 나타난 정신이야말로 효율성을 앞세워 인간을 비참하게 만드는 사회를 변화시킬 열쇠라고 확신했습니다. 그래서 그는 당시 사회를 비판하고 대안을 제시하려 쓴 4편의 글을 묶어 이 비유의 한 구절을 따와 『나중에 온 이 사람에게도 Unto this last』라는 책을 출간하였습니다. 우리말 번역본은 『존 러스킨의 생명의 경제학』이라는 제목을 달고 있지요.

'나중에 온 이 사람에게도'라는 제목은 책 속 모든 주제를 관통하는 정신을 표현합니다. 이 책은 마하트마 간디의 삶과 철학에 결정적인 영향을 미친 책으로 알려져 있고, 오늘날의 독자들로 하여금 자신이 당연하게 여긴 상식이 얼마나 잘못된 것인지를 깨닫게 하는 힘도 가지고 있습니다. 특히 효율을 강조하는 경제학에 대한 맹신을 질타하고 있지요.

인류의 역사에서 다양한 시대를 통해 대중의 마음을 사로잡아온 여러 망상들 가운데 가장 기이한 망상은 아마도 '인간과 인간 사이에 존재하는 상호 애정이라는 요소를 배

슬픔을 알아
행복한 이여

제할 때 더욱 진보된 사회적 행동규범을 갖게 된다'는 관념에 뿌리를 두고 있는, 소위 '경제학'이라 불리는 현대 학문인 것 같다.

러스킨은 '세상의 셈법'이 아닌 포도밭 주인의 비유에 나오는 '하느님의 셈법'을 선택하지 않는다면, 사회는 점점 더 비인간화되고 인간성은 파괴되리라는 것을 예언자적 직관으로 보았습니다. 하느님의 셈법은 일자리를 찾지 못하고 쓸모없다고 내쳐진 사람의 곤란과 무너진 존엄에 대한 속 깊은 배려와 관심에 기초하고 있습니다. 이 셈법은 사람을 소모품이자 이윤을 내는 도구로만 생각하는 여타의 '경제학'을 거부하고 있는 것이지요.

이 비유는 예수의 시대보다도 러스킨의 시대보다도 바로 오늘, 여기에서 우리가 더욱 진지하게 대하고 깊이 묵상해야 할 말씀입니다. 우리가 사는 이 시대만큼 사회가 세상의 셈법에 지독히 젖어 있던 적도 드물기 때문입니다. 이 비유에 대해 묵상하면 우리를 지배하고 있는 시대의 잘못된 통념으로부터 '회심'하는 여정이 얼마나 필요한지 깨닫게 됩니다. 일자리를 잃고, 합당한 대우를 받지 못하고, 인격적 존엄을 손상당한 이웃의 처지를 대할 때면 경제 논리에 앞서 연민과 역지사지

의 마음으로 그들을 헤아리는 문화가 우리 사회에 자리 잡도
록 애써야 한다고 생각합니다.

슬픔을 알아
행복한 이여

결
단
하
는

삶

수묵화는 흑과 백이라는 두 가지 색만 존재한다는 점에서 우리가 사는 일상과 정말 다른 세계라는 느낌이 들 때가 있습니다. 물론 수묵화도 농담을 통해 미묘함을 표현하기도 하고, 또 색채화라 하더라도 세상의 모든 색을 똑같이 그려낼 수는 없습니다. 그럼에도 수묵화가 단 두 가지 요소로만 세상을 그려낸다는 점은 동양적 여백의 아름다움을 뛰어넘어 준엄한 도덕적 차원의 무엇인가를 만나는 경건함이 있습니다.

당신이 내게
말하려 했던 것들

우리의 삶은 수묵의 경지와는 또 다르게 오히려 분명하게 선과 악, 혹은 옳고 그름을 따지기 어려운 상황들을 자주 만나는 것이 사실입니다. 판단을 해야 할 때는 섣불리 판단하기보다는, 시간을 두고 인내하며 관찰하고, 때로는 절충과 타협도 염두에 두어야 할 때가 대부분이지요. 사람마다 관점에 따른 '나름의 진실'이 있다는 것을 받아들이는 경청과 관용의 자세는 인생을 살아가는 지혜이자 다원적인 현대사회를 조화롭게 유지하는 크나큰 덕목입니다. 그래서 '흑백을 나누는 것은 애써 피해야 할 유혹'이라는 권고가 퍽 설득력 있는 것이지요.

사실 인생사는 수묵화를 닮은 것이 아니라 마치 경계를 꼭 집어 말할 수 없을 정도로 미묘하게 다른 색채들이 공존하고 겹치며 변해가는 수채화의 세계와 더 가까워 보입니다. 그러나 이러한 다양성을 아우르는 지혜와 덕목이 삶을 잘 감싸기 위해서는 역설적으로 그 중심에 있는 근본 원리에 대한 분명하고 타협 없는 확신이 긴요하다는 것을 잊지 말아야 합니다. 그렇지 않다면 '흑백논리'로 삶의 복잡다단함을 재단하지 않겠다는 관용의 태도는 사실상 다른 이와의 공동체를 위한 섬세하고 호의 어린 배려가 아니라 무책임한 상대주의와 자기 편의적인 주관주의로 귀착될 수 있으니까요. 그래서 우리의

187

삶은 여유로운 여백과 함께, 감히 결단을 요구하는 것입니다. 어떤 경우에도 흑이 백이 될 수 없는 수묵화의 세계처럼 말이지요.

'결단하는 삶'을 생각하니 몇 년 전 흥미진진하게 보았던 미국 드라마 한 편이 기억납니다. 보도국을 소재로 한 이 드라마는 정파나 거대 자본에 봉사하거나 대중의 선정적 관심에 영합해 상업적 성공을 얻는 뉴스를 더는 방송하지 않기로 합니다. 깨어 있는 사회를 위한 참되고 공정한 보도를 하려는 '불가능한' 과업에 도전하기로 한 것이지요. 〈뉴스룸〉이란 이 드라마의 첫 회 제목은 이러했습니다.

"We just decided to"[우리는 막 (진실한 보도를 하기로) 결심하였다.]

우리가 진심으로 결심하는 것, 그것이야말로 진정한 실천의 시작이 될 것입니다.

당신이 내게
말하려 했던 것들

길
떠
나
는

가
족

책상을 정리하다 우연히 그림엽서 한 장을 보게 되었습니다. 그림에 '길 떠나는 가족'이라는 제목이 붙어 있었지요. 그림에는 듬직한 흰 소가 끄는 긴 달구지에 아이들과 아내가 타고 있고, 손수 소를 이끌며 신명 나게 길을 떠나는 가장의 모습도 보입니다. 이 그림엽서는 두 해 전 국립현대미술관 덕수궁관에서 열렸던 전시회 '이중섭, 백 년의 신화'에서 사온 것입니다.

슬픔을 알아
행복한 이여

2016년은 이중섭 탄생 100주년이 되는 해였고, 동시에 그가 타계한 지 60년이 되는 해였습니다. 이를 기념하기 위해 모처럼 이중섭의 작품들을 방대하게 만날 수 있는 전시회가 덕수궁에서 열렸지요. 불운과 고난이 가득했던 그의 삶과 시대를 조명하는 자료들을 공개했더군요. 이중섭의 그림을 만나러 간 그 가을날의 오후도 전시장은 인산인해였습니다. 내심 기대했던 것처럼 여유롭게 감상할 수는 없었지만 그림을 보고 나니 마음은 온통 먹먹함으로 차올랐고, 그 여운은 이후로도 오래 이어졌습니다. 또 많은 사람이 그의 그림을 기억하고 좋아하는 것이 불우한 삶을 살아야 했던 예술가에게 조금이나마 위안이 되었으면 하는 마음도 들었습니다.

이중섭은 참으로 사랑했던 어머니를 원산에 두고 월남해야 했습니다. 전쟁의 끝이 군사분계선으로 결정되면서 결국 어머니를 다시는 뵙지 못했지요. 그는 동란 중에 제주도에서 피난살이를 했습니다. 피난을 떠난 대부분의 사람들이 그러했지만 이중섭은 특히 더 가난했습니다. 부두에서 막노동 생활을 하며 틈틈이 그림을 그렸지만 그래도 생활 형편은 나아지지 않았다고 합니다. 결국 그는 몹시 사랑했던 일본인 아내 마사코(한국 이름은 남덕)와 두 아들을 일본으로 보내야 했지요.

운명의 장난처럼 이중섭은 아내와 아이들도 어머니처럼 다시 만나지 못했습니다. 헤어진 상황에서 그의 큰아들인 이태현이 사망했다는 소식을 듣습니다. 첫째 아들은 일본으로 떠날 때 이미 병약한 몸이었지요. 그리워하던 아들이 죽었다는 소식에 아들이 저승에서는 즐겁고 행복하게 놀기를 바라는 마음으로 〈벌거벗은 아이들〉이란 그림을 그립니다. 당시 사회적 분위기 때문에 벌거벗은 이 그림을 전시할 수는 없었지만 말입니다. 어쩌면 이중섭은 모든 굴레로부터 아이들이 벗어나기를 바랐던 듯합니다.

이중섭이 가족들에게 보낸 편지를 읽어보면 가족에 대한 그의 깊고 진실한 사랑에 눈시울이 뜨거워집니다. 행복한 가족의 재회라는 소박한 꿈이 허락되지 않은 고단한 예술가의 생애를 알기에 읽을수록 마음은 더욱 무거워집니다. 제주도에는 이중섭이 한때 머물며 작품활동을 했던 이중섭 거주지가 잘 보존되어 있습니다. 그 근처에는 이중섭미술관도 있는데, 그가 제주도 피난 시기에 자신의 방에 적어두었다는 자작시가 소개되어 있습니다. 그의 조카가 기억해두었다가 훗날 발표한 것이지요. 이중섭의 상징처럼 되어버린 '소'에 자신의 자아를 투영한 「소의 말」이란 시입니다.

슬픔을 알아
행복한 이여

높고 뚜렷하고 / 참된 숨결 / 나려 나려 이제 여기에 / 고
웁게 나려 // 두북 두북 쌓이고 / 철철 넘치소서 // 삶은
외롭고 / 서글프고 그리운 것 // 아름답도다 여기에 / 맑
게 두 눈 열고 // 가슴 환히 / 헤치다.

외롭고 서글프고 그리움으로 가득 찬 삶이었습니다. 병원을
전전하다 불과 마흔의 나이에 무연고자 신세로 숨을 거둔 비
참한 죽음이었습니다. 이중섭은 지켜보는 이 없이 1956년
서울 적십자병원에서 생을 마감했습니다. 그는 죽은 뒤 며칠
이 지난 뒤에야 발견되었을 정도로 방치되었다고 하네요. 참
으로 쓸쓸한 죽음입니다. 하지만 그의 예술은 지금도 사람들
을 위로합니다. 예전부터 많은 사람이 그를 한국의 반 고흐
라고 불렀습니다. 두 사람은 가난과 고독으로 점철된 헐벗은
삶 속에서도 끝내 예술혼을 버리지 않았던 고결한 정신을 가
진 화가였지요. 그들은 죽음 후 오랜 시간이 지나서야 제대
로 평가가 이루어졌고요. 생각해보면 둘은 이렇게 닮은 듯한
부분들이 많습니다. 새삼 한 사람의 생애는 육신의 소멸과
더불어 사라지는 게 아니라 정신과 더불어 현재 이 자리에
머물고 있다는 생각에 오늘도 위로를 받습니다.

우리를 구원으로 이끈다
영원히 여성적인 것이

요한 볼프강 괴테(1749~1832)의 『파우스트』 마지막 장면에서 파우스트는 놀랍게도 구원을 얻습니다. 그리고 '신비적 합창단Chorus Mysticus'은 다음과 같이 노래하며 이 기념비적인 작품의 대미를 장식합니다.

"영원히 여성적인 것이 우리를 이끈다."

193

슬픔을 알아
행복한 이여

이 구절은 이후 독일 낭만주의 문학과 종교 사상에 지대한 영
향을 미칩니다. 그 울림을 느낄 수 있는 작품 중 하나가 바로
리하르트 바그너(1813~1883)의 유명한 오페라 〈탄호이저〉입니
다. 주인공인 중세의 음유시인 탄호이저는 예술적 야심과 베
누스Venus로 상징되는 관능을 향한 갈구 때문에 타락하게 되
지만, 마침내 순례의 길을 통해 구원됩니다. 그리고 그 구원의
길에는 '영원한 여성'인 엘리자베스의 고귀한 기도와 희생이
있었지요.

〈탄호이저〉의 무대가 된 곳은 바흐의 탄생지로 유명한 아이
제나흐 근처 바르트부르크의 옛 성입니다. 산 위에 세워진 웅
장하고 아름다운 이 성은 세계문화유산으로 독일의 대표 유
적지입니다. 튀링겐의 성녀(또는 헝가리의 성녀)라고 불리는 엘
리자베스(1207~1231)가 결혼 후 살았던 곳이기도 하고요.

1207년 헝가리의 공주로 태어난 성녀 엘리자베스는 어린 나
이에 독일 튀링겐의 영주가 될 루트비히 4세와 결혼합니다.
가장 높은 신분에 속한 그녀가 결혼 후 바르트부르크 성에서
보여준 삶은 당시 신분제 사회에서는 가히 파격적이었습니
다. 그녀는 성안에서 백성들의 굶주림과 고통에 무관심한 채
우아하게 지내며 호의호식하는 것을 당연시하는 영주부인
이 아니었습니다. 그녀는 깊은 신앙을 지니고, 귀족들의 부가

가난한 이를 착취하고 전쟁에서 약탈한 결과라는 것을 직시하는 복음적 비판 정신을 가진 명민한 젊은 여성이었습니다. 그녀는 검소한 옷차림을 하고 화려한 식단을 피했으며, 직접 가난한 이에게 음식을 전해주고 환자들을 돌보았습니다. 이는 당시의 엄격한 신분제나 일반적인 귀족 여인들의 생활관습을 생각하면 동시대인들이 상상하기조차 힘든 애덕의 실천이었습니다.

이런 그녀의 모습은 성안의 귀족들에게 찬사보다는 많은 미움과 반발을 샀습니다. 잘 이해해주고 깊이 사랑하던 남편이 불행히도 십자군 원정에서 전사하자, 성안의 귀족들은 그녀에 대한 증오와 적대감을 노골적으로 드러냈습니다. 결국 다음 해에 세 자녀와 헤어진 채 성에서 추방당하게 됩니다. 이제 정말로 '가난한 이'가 된 것이었지요. 그녀는 이런 시련 속에서 더욱 깊은 신앙과 가난한 이들과의 일치를 배웠습니다. 끊임없이 기도하며 자신의 몸은 돌보지 않고 가난한 이들을 위해 일하며 가장 비참한 처지의 사람들을 돌본 그녀는 결국 스물넷의 젊은 나이에 선종합니다. 그녀의 삶은 많은 이에게 감동을 주었고 애덕활동의 고귀함에 대해 당시와 후세의 많은 사람이 깨닫게 되는 계기가 되었으며, 유럽에 참된 그리스도교 정신이 자리하는 데 중요한 역할을 했습니다. 그러기

슬픔을 알아
행복한 이여

에 그녀는 '유럽의 성녀'라고 불리기도 하지요.

그녀의 삶은 오늘날 우리에게도 큰 가르침을 줍니다. 내가 누리는 풍요가 혹시 누군가의 몫을 부당하게 빼앗은 데서 온 것은 아닌지, 우리 사회가 가난하고 약한 이의 아픔과 절규를 애써 외면하며 욕망의 노예가 된 것은 아닌지, 스스로의 양심에 늘 비추어보도록 말없이 권고합니다. 성녀 엘리자베스의 생애는 진정한 풍요는 이웃의 아픔에 눈물을 흘리는 연민과 그들을 업신여기지 않고 함께하는 겸허한 마음에 있음을 조용히 증언합니다. '영원히 여성적인 것이 우리를 이끈다'는 괴테의 명언을 성녀 엘리자베스의 생애에 비추어봅니다. 그녀가 자신의 삶으로 직접 증명했듯 '애덕Caritas'만이 우리를 구원할 것입니다.

태
양
의

찬
가

주일학교 시절, 성당에서 영사기로 상영해준 영화 〈성프란체스코〉를 성당을 꽉 채운 신자들과 함께 본 기억이 생생합니다. 나중에 알고 보니 그 영화의 원제는 '형님인 태양과 누님인 달님Fratello Sole, Sorella Luna'이었고 유명한 감독 프랑코 제피렐리가 만든 이탈리아 영화였습니다. 프란체스코 성인의 「태양의 찬가」에 아름다운 선율을 붙인 영화의 주제곡을 그 시절 참 많은 피정과 연수 그리고 여름캠프에서 함께 부르고

슬픔을 알아
행복한 이여

들었던 것 같습니다. 주제곡 이외에도 영화에 나오는 음악들이 참 멋있다고 느꼈었습니다.

몇 년 전 겨울, 오스트리아의 그라츠라는 도시에 머물 기회가 있었습니다. 우연히 들른 중고 LP 가게에서 반가운 음반 한 장을 발견하고 청음기 앞에 선 채로 처음부터 끝까지 홀린 듯 음악을 들었던 기억이 납니다. 영화 〈성프란체스코〉의 오리지널 사운드 트랙 앨범이었습니다. 아주 예전에 카세트 테이프로 우리나라에도 출반되었지만, 구할 수 없는 음반이 된 지 오래였는데 생각지도 않게 오래된 추억과 해후하듯 만나게 되었습니다.

이탈리아의 영화음악 작곡가 리즈 오르톨라니가 작곡한, 웅장하고 감미로운 관현악으로 연주된 모든 곡이 다 좋았습니다. 무엇보다 마음을 사로잡은 것은 이탈리아의 명가수 클라우디오 발리오니의 음유시인 같은 목소리였습니다. 그가 부른 주제곡 〈형님인 태양과 누님인 달님Fratello Sole, Sorella Luna〉을 듣고 있으니 온몸과 마음이 기쁨과 전율로 가득 찼습니다. 그날, 저는 레코드 가게에서 창밖을 바라보며 〈형님인 태양과 누님인 달님〉을 다 듣고 난 후, 어둠이 내리기 시작한 낯선 이국의 거리를 산책하며, 기쁨의 잔잔한 여운을 느끼며 이 노래를 내내 흥얼거렸습니다. 아마도 평생 간직할 추억의 한 장면으로 남을 것 같습니다.

이 노래의 가사는 성 프란체스코가 자신의 고향이었던 이탈리아 움브리아 지방의 방언으로 남긴 영성의 집약이자, 13세기 이탈리아 시가 중 명작인 「피조물의 노래Il Cantico delle Creature」(또는 「형님인 태양의 노래Cantico di Frate Sole」)에서 중간 부분을 압축하여 개사한 것입니다.

노래 가사도 아름답지만, 이 노래 가사가 유래한 프란체스코 성인의 찬가인 「피조물의 노래」 전문을 읽고 묵상할 필요가 있습니다. 여기에는 피조물의 신비를 사랑과 경탄의 눈으로 바라보는 깊고 넓은 우주적 영성이 담겨 있습니다. 우리 시대의 미래를 좌우할 '생태적 회개'를 위한 귀중한 원천이라 할 수 있습니다.

프란치스코 교황은 2015년 획기적인 교황회칙인 『찬미받으소서』를 반포했습니다. 여기서 교황은 '통합생태론'을 그리스도인과 또한 세상 모든 선의를 가진 이들을 위한 삶의 윤리로 제시하고 있습니다. 교황이 제안하는 '통합생태론'은 20세기 후반의 많은 뜻있는 이들을 통해 정립된 유기체적, 생태학적 세계관의 유익을 인정하면서 동시에 그 범위를 확장합니다. 이는 단순히 자연보존을 위한 생태학과 환경윤리만이 아니라 인간의 존엄, 사회적, 경제적 불평등, 곧 정의의 문제까

슬픔을 알아
행복한 이여

지 아우르는 시각과 행동방식을 의미합니다. 생태적 정의는 인간 존엄과 관련된 사회 정의와 분리될 수 없습니다. 교황은 이 회칙의 4장에서 환경, 경제, 사회의 생태학은 물론이고 '문화생태론'과 '일상생활의 생태론'을 포괄하는 '통합생태론'의 중요성을 잘 말해주고 있습니다. 교황은 이러한 새로운 삶의 윤리를 위해 프란체스코 성인이 큰 영감이 된다는 것을 확신합니다. 그래서 회칙을 「피조물의 노래」의 한 구절을 인용하는 것으로 시작하였고, 본문에서는 그 전문을 소개하며 함께 음미할 것을 권유하고 있습니다. 여기에는 피조물의 세계인 우주와 지구에 대한 경탄과 애정 그리고 피조물을 낳으신 창조주에 대한 겸허한 경배와 찬미가 담겨 있습니다. 「태양의 찬가」로 더 잘 알려진 「피조물의 노래」의 내용은 다음과 같습니다. 이 글을 통해 신비를 몸소 산 프란체스코 성인의 영성을 헤아려보며, 모두가 행복하며 '지속 가능한' 삶은 작은 일상에서도 피조물의 신비를 감지하고 소중히 여기는 겸허한 태도에서 비롯된다는 것을 깨달았으면 좋겠습니다.

저의 주님 찬미받으소서 / 주님의 모든 피조물과 함께, / 특히 형제인 태양으로 찬미받으소서. / 태양은 낮이 되고 주님께서는 태양을 통하여 / 우리에게 빛을 주시나이다. / 태양은 아름답고 찬란한 광채를 내며 / 지극히 높으신 주님의 모습을 담고 있나이다. // 저의 주님, 찬미받으소서. / 누이인 달과 별들로 찬미받으소서. / 주님께서는 하늘에 달과 별들을 / 맑고 사랑스럽고 아름답게 지으셨나이다. // 저의 주님, 찬미받으소서. / 형제인 바람과 공기로, / 흐리거나 맑은 온갖 날씨로 찬미받으소서. / 주님께서는 이들을 통하여 피조물을 길러주시나이다. // 저의 주님 찬미받으소서, / 누이인 물로 찬미받으소서. / 물은 유용하며 겸손하고 귀하며 순결하나이다. / 저의 주님, 찬미받으소서. / 형제인 불로 찬미받으소서. / 주님께서는 불로 밤을 밝혀주시나이다. / 불은 아름답고 쾌활하며 활발하고 강하나이다.

슬픔을 알아
행복한 이여

아
르
스
의
　성
자

2010년 어느 봄날, 저는 친구인 동창 신부와 함께 프랑스의
작은 마을 아르스(아르쉬르포르망) 어귀에 서 있었습니다. '아
르스의 성자' 요한 마리 비안네 신부님의 자취를 느끼고 싶
어서였습니다. 아름답고 화창한 날씨, 들꽃처럼 소박하지만
아름다운 아르스 입구에 있는 비안네 신부님과 어린 소년의
동상에 쓰인 글을 읽으며 우리는 잔잔한 감동을 느꼈습니다.

"귀여운 꼬마 친구야, 나에게 아르스로 가는 길을 알려주면, 나는 네게 하늘나라로 가는 길을 보여줄 거야."

신부님이 부임 첫날 이 꼬마 목동에게 하신 말씀이라고 합니다. 신부님은 그 약속을 지키셨습니다. 1818년 서른둘의 젊은 나이에 본당신부로 부임했을 때부터 일흔셋의 나이로 선종하실 때까지, 41년 동안 이 시골 마을에서 신부님은 사람들의 영혼과 육신이 하늘나라의 길을 찾도록 헌신하셨습니다. 프랑스 혁명과 내전의 와중에서 신앙을 잃고, 인간성을 상실한 이들에게 용기와 믿음을 불어넣으셨으며, 가난 때문에 비참하고 죄스런 삶으로 몰리는 젊은 처자들에게 직업교육과 보호받을 수 있는 학교를 마련하셨습니다. 무엇보다도 신부님은 고해소 안에서 사람들이 하느님과 화해하고 깊은 치유를 체험하도록 자신을 주님의 도구로 쉼 없이 내어놓으셨습니다. 아침부터 새벽까지 13시간을 고해소에서 사람들이 죄와 악에서 해방되도록 이끄셨습니다.

비안네 신부님의 삶과 영적 투쟁에서 깊은 영감을 받은 조르주 베르나노스의 소설 『사탄의 태양 아래』의 마지막 장에서 작중 화자인 한 작가는 독백을 통해 인간의 영혼을 깊이 통찰한 성인 사제에게 어울리는 헌사를 보내고 있습니다.

슬픔을 알아
행복한 이여

저자는 바로 그런 눈길로 얇은 나무 격자창을 바라보면서, 그 뒤에서 고해 신자들에게 축복을 내리는 영웅의 모습을 그려보았다. 너그러운 미소를 지으며 언변이 부드럽고도 힘찬, 인간 영혼을 아주 많이 겪어본 위대한 사제의 모습을 말이다. 그는 이미 이 영웅을, 그로부터 얻을 수 있는 모든 즐거움을 상상하면서 사랑하고 있었다. 아무리 성자라 하더라도 지극히 환대를 담은 예우를 받으면, 그러니까 지성의 수호자로부터 더할 나위 없는 최고의 예의를 담은 주의 깊고 예리한 호감을 받으면 무감각할 수 없을 것이다. 아첨을 거부하는 사람일수록 찬미라는 좀더 고상한 형식을 좋아하는 것이다. 그렇다! 그렇다! 이 저명한 생 마랭 말고도 수많은 사람들이 이곳에 와서 무릎을 꿇고 그 선한 노인의 말을 들은 후, 마음의 짐을 내려놓고 돌아간다.

아르스의 성자 비안네 신부님은 시대와 공간을 넘어 모든 본당신부들의 위안이자 모범이신 분입니다. 본당신부로 살면서 그분의 삶이 얼마나 고귀했던 것인가를 더 실감 나게 느낄 수 있었습니다. 그런 분이 계셨다는 것 자체로 부족한 저에게 얼마나 큰 위안이 되었는지 모릅니다. 비안네 신부님을 생각하면서, 저에게 본당신부로서 평범하지만 특별했던 어느 날이 떠올랐습니다.

그날 아침 일찍, 저는 세상을 떠나는 어느 교우를 위한 장례 미사를 집전했습니다. 오열하는 가족들의 떨리는 어깨에 마음이 안타깝고 착잡했지만 그들을 위로할 수 있는 말이 많지 않았습니다. 그날 정오에는 새로 부부의 연을 맺는 두 젊은 남녀를 위해 혼배미사를 거행했습니다. 그들은 다소 긴장한 듯했지만 그래도 행복한 미소를 감출 길이 없어 보였습니다. 축가를 들으며 한 방울의 눈물과 함께 터져 나온 기쁨과 웃음은 그들을 더없이 빛나게 했습니다. 떠나는 이를 애도하고 남겨진 가족을 안타까워하던 아침의 그늘이 여전히 마음에 남아 있었지만, 또한 그 자리에 선 젊은이들의 구김 없는 행복에 함께 물들어가는 것 또한 사실이었습니다.

그리고 그날 오후에는 아기들을 위해 유아영세를 베풀었습니다. 아기들은 생명과 탄생이 무엇인지를 존재로 보여주고 있었습니다. 세례수를 부어주고 아이의 맑은 얼굴을 바라보며 나도 모르게 순수한 기쁨을 느꼈습니다. 그 순간 아이의 얼굴은 영적 생명력과 육신의 생명력이 모순 없이 일치하는 기적을 보여주었지요.

그러나 이러한 경이로운 찰나에도 오늘 아침 마음을 헤집고 간 죽음과 이별이라는 인간조건Conditio Humana의 그림자는

슬픔을 알아
행복한 이여

완전히 가시지 않았습니다. 그 하루는 참으로 슬픔과 기쁨과 경이로움과 허무가 그 경계를 알 수 없이 물밀듯 저에게 다가왔습니다. 보람과 함께 버거움도 느꼈던 것이지요.

아주 예전에 신학교의 한 선배가 교구신부로 사는 가장 큰 매력은 탄생에서 죽음까지 삶의 모든 과정을 만나고 그것을 겪는 이들을 돕고 돌볼 수 있는 것이라고 말한 것을 기억합니다. 기쁨과 고통, 삶과 죽음이 교차하는 이웃의 삶의 여정에 함께하는 것이 늘 기쁨으로만 느껴지는 것은 아닙니다. 때로는 정말 힘겹게 겪어내며 버텨야 할 때도 있습니다. 하루에도 몇 번씩 교차하는 인생의 여러 얼굴들을 마주하며, 이 모든 것이 깊이 감사해야 할 일이라는 것을 굳게 믿고, 무엇보다도 길을 잃지 않기 위해 늘 기도를 마음에 새깁니다. 그날 장례미사 때 읽었던 존 헨리 뉴먼 추기경의 기도시 「이끄소서, 온유한 빛Lead kindly light」의 첫 구절을 오늘 밤에는 스스로에게 들려주고 싶습니다.

이끄소서, 온유한 빛이여, 온 데가 어둠 속이오니 / 그대 나를 인도하소서. 밤은 어둡고 나는 집에서 멀리 떨어졌으니, / 나를 인도하소서. / 내 발을 지켜주소서. 먼 경치를 보려고 구하는 것이 아니오니 / 한 발치면 족하나이다.

어
느
시
골
신
부
의
일
기

살면서 여러 번 손에 쥐게 되는 책들이 있습니다. 그중 하나
가 프랑스 작가 조르주 베르나노스의 『어느 시골 신부의 일
기』입니다. 조르주 베르나노스는 20세기 가톨릭 문학과 사
상사에서 각별한 위치에 있는 인물이지요. 이 소설 역시 문
학적 가치는 물론이고 영적, 신학적 의미에서 매우 위대한
작품입니다. 20세기의 가장 위대한 가톨릭 신학자 중 한 명
인 스위스의 한스 우르스 폰 발타자르(1905~1988)가 베르나

슬픔을 알아
행복한 이여

노스의 작품에 나타난 영성과 신학에 대해 '삶 안에 있는 교회Gelebte Kirche: Bernanos'라는 제목의 대작을 쓴 것은 하나의 예일 뿐입니다.

프랑스의 영화감독 로베르 브레송(1901~1999)은 1951년에 거의 영화화가 불가능하다는 이 작품을 같은 제목으로 영화화하였습니다. 영화가 소설을 대신할 수는 없지만, 이 영화 역시 깊은 명상과 성찰을 이끄는 작품으로 평가받으며 매우 의미 있는 고전으로 남게 되었습니다. 가톨릭 인격주의에 깊은 영향을 받았으며 1960년대 모더니즘 영화를 상징하는 프랑스 누벨바그의 정신적 후원자였던 영화평론가 앙드레 바쟁은 이 영화를 매우 높이 평가하였습니다. 그가 이 영화에 붙인 헌사인 '구원과 은총의 현상학'은 이후 이 영화만이 아니라 베르나노스의 원작 소설을 이해하는 데도 중요한 관점이 됩니다.

앙드레 바쟁은 브레송의 이 영화가 주는 감동은 지성을 넘어 심장에 닿는다고 말합니다. 그리고 심리를 묘사하고 설명하는 방법이 아닌, 외면의 사건을 바라보고 따라가는 것으로 내면의 풍경을 드러내는 인내의 시도를 했다고도 평합니다. 또한 원작을 신학적으로 영상화하는 데 도달하며 '구원과 은총의 현상학'을 보여준 영화라고도 정의합니다.

바쟁이 브레송에 대해 쓴 「『어느 시골 신부의 일기』와 로베르 브레송의 문체론」은 그의 영화비평을 모은 저서 『영화란 무엇인가』에 담겨 있습니다.

베르나노스의 원작 소설이든 브레송의 영화이든, 『어느 시골 신부의 일기』를 '구원과 은총의 현상학'이라는 관점에서 접근하기 위해서는 이 두 사람 모두에게 깊은 영향을 준 프랑스의 종교 사상가 블레즈 파스칼(1623~1662)의 『팡세』에 나오는 '숨은 신Deus Absconditus'의 개념을 떠올려야 할 것 같습니다. 파스칼은 구원과 은총이 우리의 삶 안에 실재하지만 누구에게나 나타나지 않는 것은 하느님께서 '숨은 신'이라는 역설적 방식으로 당신을 우리에게 드러내시기 때문이라고 설명합니다. 파스칼은 '믿고자 하는 이는 이에 충분한 빛을 볼 것이며, 믿지 않으려는 이 역시 그에 충분한 어둠을 보게 될 것'이라고 말합니다.

중요한 것은 빛을 보는가 어둠을 보는가를 결정하는 것은 단지 우리가 그렇게 '생각하기' 때문이 아니라, 실제로 그렇게 '보이기' 때문이라는 사실입니다. 여기에서 우리는 파스칼의 통찰 속에 현상학, 곧 '나타남'을 보여지는 대로 바라보는 인식과 실존의 방식이 담겨 있음을 발견합니다.

『어느 시골 신부의 일기』 속 화자인 앙브리쿠르 본당의 젊은

슬픔을 알아
행복한 이여

신부가 자신이 만나는 사람들, 겪게 되는 사건들을 대하는 태도에 그런 자세가 잘 드러나 있습니다. 이 소설과 영화의 마지막 장면은 매우 감동적입니다. 젊은 신부는 위암으로 죽어가면서도 친구에게 "모든 것은 은총일세"라고 고백합니다. 이제 독자는 비로소 소설 내내 전개된 신부의 내적 고뇌와 만연한 악과의 분투, 애덕을 향한 일상의 투쟁이 은총이 '나타나는 것'을 '볼 수 있게' 한 준비였음을 깨닫게 됩니다. 신앙인에게는 실존을 은총의 사건이 일어나는 빈터로 두는 것이야말로 '구원과 은총의 현상학'을 삶으로 살아내는 것이기 때문입니다. 인간의 인내와 기다림과 비움이 은총을 만나는 사건, 즉 베르나노스가 생각하는 구원일 것입니다.

로베르 브레송은 『어느 시골 신부의 일기』뿐만 아니라, 베르나노스의 다른 중단편들을 묶어 〈무셰트Mouchette〉라는 영화도 만들었습니다. 이 2편의 영화와 〈당나귀 발타자르〉 〈소매치기〉 그리고 〈사형수 탈주하다〉를 보고 나면 그의 영화를 '구원과 은총의 현상학'이라 부른 앙드레 바쟁의 찬사가 지나치지 않다는 것을 알게 될 것입니다. 브레송의 영화들은 초월의 세계를 갈망하되 관념이나 상상력이 아닌 일상의 대상들에 대한 순수한 지각과 내적 감정, 삶의 사건에 대한 체험을 통해 '더듬어가며' 진실을 추구하는 준엄한 태도를 보여주기 때문입니다. 그의 영화 단상집인 『시네마토그래프에 대한 단상』에 나오는 다음의 메모들은 그의 영화관을 잘 보여줍니다.

> 진실된 것은 모방이 불가능하고, 거짓된 것은 변형이 불가능하다.

> 모든 피사체들을 평등하게 대하라. 세잔은 같은 눈과 같은 영혼으로 사탕 그릇, 그의 아들, 생트빅투아르산을 그렸다.

로베르 브레송의 비관적인 후기 영화를 보면 그가 걸어가는 '현상학'은 적어도 겉보기에는 구원의 문이 보이지 않는 어둠 속으로 잠행하는 것처럼 느껴지기도 합니다. 아니면 그 어둠 속에서 은총과 구원의 빛을 보는 것을 관객의 몫으로 남겨놓은 것일지도 모릅니다. 그의 영화 속 많은 주인공들은 그의 영화 〈소매치기〉에 나오는 표현대로 '기이한 길'로 걸어갔습니다. 때로는 끝이 없는 어둠처럼 보이는 그 길이, 그러나 은총의 신비 안에 놓여 있음을 브레송의 영화는 생각하게 합니다.

베
를
린
의

하
늘

2017년에 프란치스코 교황에 관한 다큐멘터리 영화 〈교황
프란치스코Papa Francesco. Un uomo di Parola〉가 개봉한다는 소
식이 전해졌습니다. 바티칸 라디오에 의하면 이 작품은 일반
적으로 예상하는 프란치스코 교황에 '대한' 영화이기보다는
그와 '함께' 만든 영화로, 매우 드물게 교황청과의 공동제작
으로 완성되었다고 합니다. 그래서 '프란치스코 교황과 함께
하는 개인적 여행'이라 할 만하며, 관객들은 프란치스코 교

종의 입으로 직접 그의 생각과 메시지와 개혁 작업 그리고 오늘날 세상에 던져진 전 지구적 도전들에 대한 응답을 들을 수 있었지요.

영화가 개봉한 뒤 평가는 좀 엇갈렸습니다만, 교황청에서 이 처럼 의미 있는 영화를 위해 직접 선택한 감독이 독일의 빔 벤더스라는 사실은 많은 것을 시사합니다. 빔 벤더스의 대표 작인 〈베를린의 하늘Der Himmel über Berlin〉은 쓸쓸함과 허무 감이 찾아올 때, 한번쯤 보고 싶은 영화입니다. 우리나라에서 는 '베를린 천사의 시'란 제목으로 개봉했지요.

빔 벤더스 감독은 예술가들의 작품 세계를 공감 어린 시선과 탁월한 이미지로 조명한 다큐멘터리 작품들로 대중에게 많은 사랑을 받았습니다. 시대의 풍상을 이겨낸 쿠바의 대중음악 가들을 소재로 하여 전 세계적인 인기를 모은 〈부에나 비스 타 소셜 클럽〉, 독일 부퍼탈에서 활동한 현대무용가 피나 바 우슈에게 헌정한 〈피나Pina〉, 브라질의 사진작가 세바스치앙 사우가두의 거대한 사진 프로젝트를 동반하는 〈제네시스: 지 상의 소금〉 등이 대표적입니다.

그런데 빔 벤더스의 영화들이 예술적으로 높이 평가된 결정적 계기는 그가 1970~80년대에 내어놓은 일련의 '로드무비'의 걸작들이었습니다. 〈도시의 앨리스〉〈잘못된 움직임〉〈시간이

슬픔을 알아
행복한 이여

흐르면〉 등으로 이어지는 이 시기의 작품 세계는 1984년 칸 영화제 대상을 수상한 〈파리, 텍사스Paris, Texas〉에서 절정에 이릅니다.

1987년 공개된 〈베를린의 하늘〉은 빔 벤더스의 전반기 영화 세계를 마감하는 작품이자 새로운 모색을 시작하는 시기를 예고한 작품입니다. 이전까지의 영화들이 도시와 황야를 배경으로 한 '수평적' 로드무비라면, 다미엘과 카시엘이라는 두 천사의 시선으로 이야기가 전개되는 〈베를린의 하늘〉은 하강과 상승(강생과 승천)의 움직임이 지배하는 '수직적' 로드무비라고 규정해볼 수 있지요.

더욱이 베를린이라는 역사적으로 다층적인 의미가 있는 장소를 선택한 것이 이 영화의 무게를 더해주고 있습니다. 영화가 개봉하고 얼마 뒤 베를린 장벽이 무너지는데, 요즘 이 영화를 보는 사람들이라면 역사의 한복판에서 한 영화가 촉발하는 각별한 '예감'을 체험하게 될 것입니다.

이 영화에서 빔 벤더스는 그와 평생에 걸쳐 개인적으로나 예술적으로나 친분을 나눈 오스트리아의 대표 작가 페터 한트케와의 긴밀한 공동작업으로 이야기와 대사를 직조합니다. 그 공동 작업의 결과는 탁월했으며, 영화는 베를린이라는 도시가 갖는 역사적, 현실적 절박성에 언어철학적 탐구와 천사로 대표되는 종교적 상징성을 결합하는 과감한 시도를 합니다. 벤더스와 한트케는 이 영화 작업에서 철학자 발터 베냐민이 독일의 화가 파울 클레(1879~1940)의 작품 〈새로운 천사 Angelus Novus〉를 해석하며 남긴 종말론적인 역사철학과 시인 릴케의 필생의 걸작 시집 『두이노의 비가』에 나오는 천사의 이미지를 그 철학적 배경으로 삼고 있는 것 같습니다.

이는 전쟁의 경험 아래에서 역사의 의미를 추구하며, 동시에 개인 실존의 의미를 묻는 동시대인들의 고민을 주제로 삼고 있다는 뜻이기도 합니다. 관객들은 이런 무거운 질문들에 대한 답을 인간과 소통하는 두 천사의 모습을 통해 '예감'합니다. 천사 카시엘은 냉소와 모멸의 시대에도 끊임없이 평화를 이야기하려는 노력을 그치지 않고 영감을 원하는 한 늙은 시인 호머를 동반합니다.

천사 다미엘은 '영원'으로 상징되는 '관념'의 세계가 아닌 '살아 있는 현재'를 감지하고자 하는 갈망으로 인간이 됩니다. 이처럼 벤더스와 한트케는 현대의 언어철학과 해석학, 현상학을 인상적인 방식으로 영화언어에 채화시키고 있습니다. 영화의 주제의식은 천사 다미엘의 대사와 늙은 시인 호머의 독백에 집약되어 있습니다.

슬픔을 알아
행복한 이여

"더 이상 영원한 시간 위를 떠도는 게 아니라, 천사에게 허락된 경계 없음을 포기하고, 나에게 감지되는 무게를 느끼며 비로소 단단히 대지에 발을 딛고 싶어. 나는 그 모든 발디딤과 매 순간 불어오는 바람을 느끼고 싶어. '지금' '지금' '지금'이라고 말하고 싶어. 더 이상 '언제나' '영원히'라고 하는 대신에."

– 천사 다미엘이 카시엘에게

"우리 중 누구도 평화의 서사시를 쓰지는 못했지. 평화는 왜 우리를 오래 열광시키지 못하고, 그토록 이야기하기 힘들까? 여기서 포기할까? 내가 포기하면, 인류는 이야기 꾼을 잃고, 인류가 이야기꾼을 잃으면, 유년기도 잃겠지. 세상은 나를 필요로 해. 세상에 그 어떤 것으로도 대신할 수 없는 이야기꾼을…."

– 늙은 시인 호머의 독백

세상에 나온 지 꽤 많은 시간이 지났으나 역시 많은 것을 성찰하고 느끼게 하는 영화입니다. 철학적 관점에서도 신학적 관점에서도 길어낼 수 있는 영감들이 이 영화 안에 깊은 우물처럼 자리합니다. 이 영화가 쓸쓸함과 허무함이 휘감는 인

당신이 내게
말하려 했던 것들

생에서, 그럼에도 슬픔과 기쁨을 알고 살아가기에 행복한 사람들에게 축복의 시가 되어주었으면 합니다.

슬픔을 알아
행복한 이여

4

운명과 대화하는 법

What
you
tried to
say to
me

그럼에도 희망은 믿을 수 없게 가까이

'9·11'이라는 숫자는 어느새 전 세계 불안의 상징이 되었습니다. 뉴욕을 평생 한 번도 가보지 않은 사람들에게도 9·11테러는 우리 시대의 보편적인 상흔이 되어버렸지요. 평온하던 한 개인의 삶이 얼마나 허망하게 거대한 재난의 폭풍 속으로 휩쓸려 산산조각 날 수 있는지 보여준, 지울 수 없는 표식으로 인각된 것이지요. 그 후 여러 해가 흐르고 '테러와의 전쟁'을 거쳐 '재난의 시대'와 '난민의 시대'에 이르는 동안 여전히 세계 곳곳이 폭력과 혼돈상태에 신음하고 있습니다. 그날의 비극은 더 이상 증오와 힘이 세상의 평화를 유지할 수도, 가져올 수도 없다는 본질을 알려주었지만, 우리 시대는 응징과 테러라는 악순환을 선택했습니다. 결국 9·11테러는 사람들이 비극적 상황에서 정말 중요한 것이 무엇인지 아는 게 얼마나 어려운지를 보여주는 뼈아픈 예가 되었습니다.

개인이 집단에 의해 속절없이 희생당하는 지금, 우리는 역설적으로 시대의 구원을 위한 희망이 개인에게서 시작된다는 것을 배웁니다. 상실의 고통 속에서 비극을 망각하지 않으면서도, 아주 천천히 다시 사랑하며 살아나가는 힘을 발견하고, 서로를 치유하고 마주하며 손을 잡아주는 개인이 바로 세상의 희망인 것이지요.

9·11테러를 배경으로 조너선 사프란 포어가 2005년에 출간한 소설『엄청나게 시끄럽고 믿을 수 없게 가까운』을 읽으며 젊은 작가의 놀라운 재능과 인간의 운명과 고통을 대하는 정중함에 깊은 감명을 받았습니다. 소설은 마음을 찌르고 휘젓는 듯 통렬하면서도, 근본적인 치유의 길을 정직하면서도 깊은 공감을 가지고 더듬듯 그려가고 있습니다.

소년 오스카와 그의 어머니는 자상하고 친구 같던 아버지를, 또 따뜻하고 사랑이 넘치던 책임감 강한 남편을 2001년 9월

운명과
대화하는 법

11일, 세계무역센터 테러로 잃습니다. 그 상실감은 채워질 길이 없었으며, 소년과 어머니는 정신적, 육체적 외상을 입고 위기의 나날을 보냅니다. 그들은 이러한 상흔에도 어떤 의미를 발견하기 위해 나름 최선을 다합니다. 하지만 가장 사랑하는 이의 고통에 대해 말없이 바라봐주고 공감해주며, 사랑의 손길과 따스한 눈길을 보내는 것 외에는 대신해줄 수 있는 것이 없는 마음 에이는 과정이기도 했습니다.

〈빌리 엘리어트〉〈디 아워스〉〈더 리더〉 같은 섬세하면서도 매우 인간적인 영화들로 잘 알려진 영화감독 스티븐 돌드리는 이 소설을 같은 제목의 영화로 만들었습니다. 이 영화는 소설에 비해 단순하고 대중적이며 감상적이지만, 인물들에 대한 깊은 애정과 섬세한 관찰의 눈으로 소설의 정신을 잘 살린 감동적인 작품입니다.

영화에서 소년이 뛰어든 '비밀스런 모험'은 어머니의 표현대로 '이해할 수 없는 것을 이해하려는' 노력이었고, 어머니는 소년의 뒤에서 묵묵히 근심과 슬픔을 견디며 아들과 '동반'합니다. 영화의 마지막 부분은 보는 이에게 말로 표현하기 어려운 먹먹한 감동을 줍니다. 참된 애도가 무엇인지, 상처를 딛고 일어서게 하는 사랑이 무엇인지, 상실을 안고 살면서도 희망을 발견하는 일이 가능한 것인지를 깊이 생각하게 합니

당신이 내게
말하려 했던 것들

다. 소년은 이제 아버지의 상실을 '되돌릴 수 없는' 것을 압니다. 그러나 다른 방식으로 아버지와 깊이 연결되어 있음을 느끼고 아버지를 기억하며 말합니다.

> "아빠 없이 못살 줄 알았는데 그게 아닌 걸 알았어요. 아빠도 알면 뿌듯할 거예요. 전 그거면 됐어요."

죽은 이들을 돌아오게 할 수는 없으나 스스로 의미 있는 삶을 사는 것이 그들의 '존재와 의미'를 증명한다고 믿는 소년, 그리고 그런 개인들과 함께한다면 세상은 올바른 길을 발견하게 될 것입니다. 9·11테러와 세월호로 상징되는 '재난의 시대'에 구원의 희망은 고통스러운 과정일지라도 이를 통해 희망과 용기를 애써 배우고자 하는 개인에게서 시작된다는 것이지요. 그러나 개인이 '외로운' 영웅이 되어야 한다는 뜻은 아닙니다. 희망은 오히려 각 개인이 다른 이들과 연대를 이루고 공동체로서 존재하는 것의 의미를 깊이 알게 될 때 가능합니다.

오늘날 우리 사회는 인간이 도움을 주고받으며, 서로를 지탱해주는 존재라는 의식이 희미해졌습니다. 바로 우리 사회가 위기에 처해 있다는 징후이면서 동시에 그 원인인 것이지요.

'재난의 시대'가 우리에게 더욱 파괴적이고 치명적인 것 역시 연대와 공동체라는 가치가 어느새 공허해졌기 때문입니다. 원자화된 인간의 삶이 공동체적인 유대로 변하지 않는다면 세상엔 희망이 없습니다. 그러나 그 공동체의 가치는 더 이상 정치체제나 전통이 획일적으로 가져다줄 수 있는 것이 아닙니다. 먼저 개인이 역경과 고통 속에서 용기와 인내를 가지고 삶의 의미를 배우고 깨우쳐야 합니다. 그런 개인들이 공감을 통해 연대할 때, 그들은 진정한 구원의 희망이 될 것입니다. 어두움이 짙어진 시대에 '믿을 수 없게 가까운' 희망이 되는 사람은 다른 이들에게 마음을 열어놓고자 감행하는 이입니다.

이런 개인에 대해 생각하며, 독일의 시인 힐데 도민(1909 ~2006)을 떠올려봅니다. 거의 100세가 다 되어 독일의 고풍스러운 대학도시 하이델베르크에서 세상을 떠난 그녀는 소박하면서도 존경받을 만한 삶을 살았던 사람입니다. 힐데 도민이 세상을 떠나기 전에 그녀를 가까이에서 보고 이야기도 들을 기회가 있었습니다. 총명하고 생기 있으면서도 인자한 그녀의 모습이 참 인상적이었습니다. 그녀는 가족과 친구들과 나누는 일상의 기쁨과 기품 있는 문화를 사랑했고, 세상을 명철하게 바라보고 '자신의 머리로 생각할 줄' 아는 사람이었으며, 무엇보다 지치지 않고 희망을 노래한 시인이었습니다.

유대인이었던 그녀는 일찍이 나치 정권의 본색을 알아보고 독일에서 피신하기를 결심했다고 합니다. 유대인은 아니었지만 그녀를 깊이 사랑했던 남편 에르빈 발터 파름 역시 함께 망명길에 올랐습니다. 가난한 부부를 난민으로 받아주는 나라는 많지 않았고, 도미니카 공화국만 입국을 허락했다고 합니다. 그녀의 필명 '도민'은 이에 대한 감사의 표시라고 하지요.

독일인들에게 가장 많이 사랑받은 현대 시인 중 한 사람인 그녀의 삶과 시 세계를 요약한 단어는 '그럼에도'입니다. 힐데 도민이 폭력과 재난의 시대를 살아오면서도 '그럼에도' 애써 지키려 했던 것은 '희망'이었습니다. 힐데 도민은 자신의 에세이를 『그러나 희망은Aber die Hoffnung』이라 명명했습니다. 그녀가 말하는 희망은 일시적인 기분이나 막연한 기대에 기대지 않습니다. 삶을 사랑하며, 용기를 잃지 않고 소망을 간직하고 정화하여 '조형한' 희망입니다.

우리는 그녀의 시 속에서 새로운 시작을 위한 발걸음에 어울리는 참된 희망을 느낄 수 있습니다. 힘든 세상살이에도 소망을 품고 기다리는 우리의 모습은 추운 겨울에도 어떻게든 버티고 서 있는 어린나무의 안간힘처럼 보이기도 합니다. 시

운명과
대화하는 법

인은 「나는 당신을 초대합니다Ich lade Dich ein」라는 시에서 소망을 담고 기다리는 사람은 이미 자신 안에 조용히 기적을 간직하고 살아가는 사람이라고 용기를 주며 축복을 담아 노래합니다.

> 사랑하는 이여, 나는 당신을 초대합니다. / 우리들 소망의 집으로 오세요.

그리고 「지치고 피곤해지지 않기를Nicht müde werden」이라는 시에서 조용하지만 사라지지 않는 희망을 불어넣어 주기도 합니다.

> 지치고 피곤해지지 않기를. / 대신에 기적을 / 가만히 / 작은 새처럼 / 손에 담고 가기를.

풍파 속에서도 소망을 기적처럼 간직하고 살아가고자 하는 사람에게는 지지대가 있어야 합니다. 그런데 그것이 꼭 거창하고 강할 필요는 없습니다. 어쩌면 우리의 마음을 헤아려주고, 우리의 약함을 보듬어주는 '장미 한 송이'면 충분할지도 모릅니다. 그녀의 가장 유명한 시 「오직 장미 한 송이가 지지대인 것을 「Nur eine Rose als Stütze」은 이렇게 시작합니다.

> 나의 손은 / 몸 가눌 곳으로 향하고 그리고 발견한다네. /
> 그리고 발견한다네. / 오직 장미 한 송이가 지지대인 것을.

소망을 기적처럼 간직할 수 있는 것은 소망이 단련되고 굳건해져서 흔들리지 않는 희망이 될 때 가능합니다. 하지만 희망은 우리가 지어내는 것이 아닙니다. 희망의 덕은 하느님의 선물입니다. 교회가 희망을 사랑과 믿음과 함께 '신학의 덕'이라 부르는 이유도 바로 여기에 있습니다. 동시에 우리에게는 희망을 담을 만할 사람으로서 스스로를 '조형'해야 할 몫이 있습니다. 재난의 시대에 막연한 낙관주의가 아닌 진정한 희망을 믿는 개인들이 함께 희망을 조형해가는 공동체를 꿈꿉니다. 구원의 희망은 '그럼에도' '믿을 수 없게 가까운' 것임을 믿습니다.

운명과
대화하는 법

떠
돌
이

개

무술년 개의 해를 맞으며 특히 개에게 새삼 다정한 관심이 갔습니다. 제가 살고 있는 혜화동의 신학교에도 크고 근사한 개 두 마리가 있습니다. 개를 좋아하는 신부님들과 신학생들이 아침이면 신학교 산책길에서 운동을 시키는데, 요즘 들어서는 그 산책길에 함께할 마음이 생기더군요. 어릴 적 집에서 개들을 길렀던 시절 이후 아주 긴 세월이 지나 다시 개들과 가까이 교감하는 시간을 갖게 되었습니다.

사람들이 개들에게 친근감을 느끼다 보니 사람과 개가 얽힌 일화들도 많고, 또 어느새 개를 '의인화'하는 경향도 자연스러워 보입니다. '스누피'를 비롯해 의인화된 수많은 개가 떠오릅니다. 모두 우리를 흐뭇하게 하는 존재들이지요. 새해가 시작하고 며칠 안 된 어느 날 아침, 개들이 산책하는 것을 따라가다가 갑자기 아주 예전, 초등학교 시절 꼭 챙겨 보던, '방랑자 개'가 주인공인 드라마 하나가 떠올랐습니다. 당시에 제법 인기 있었던 드라마 주제곡도 흥얼거렸는데, 노래 가사의 후렴이 이랬던 것 같군요.

호보, 호보, 모두 나를 오라 하지만 나는 혼자 사는 개야.

드라마 제목은 〈명견 호보The Littlest Hobo〉입니다. 커다란 셰퍼드 한 마리가 극의 중심에 있습니다. 떠돌이이며 방랑자인 호보는 매회 다른 곳에서 다른 사람들을 만나며 그들의 친구가 되고 또 그들을 도와줍니다. 사람들은 호보가 자신들과 가족이 되어 머물기를 바라지만, 호보는 이를 '원치 않으며' 늘 다시 방랑의 길을 떠나가지요. 검색을 해보니 이 드라마는 1950년대 말 영화에 기초해서 1960년대, 1970년대 그리고 1980년대에 캐나다에서 각각 새롭게 제작된 드라마였

운명과
대화하는 법

습니다. 아마도 저는 1970년대 제작된 드라마를 1980년대 초에 텔레비전에서 봤던 것 같습니다.

주인공 개의 남다른 '품격'과 함께, 사람들에게 행복을 되찾아주고는 다시 방랑길에 오르는 그 모습이 왠지 멋져 보였습니다. 이 드라마는 개가 말을 하는 방식의 과도한 의인화가 사용되지는 않지만, 사람이 자신의 삶을 돌이켜보거나 올바름과 덕을 곱씹을 수 있도록 개를 모범의 대상으로 그렸습니다. 만나는 이들을 사심 없이 선의를 가지고 돕고, 친구가 되고, 그러면서도 자신을 지키며 스스로의 길을 꿋꿋이 가는 그 모습은 아마 어른이 된 지금 보아도 뭉클하고 감동적일 것 같습니다.

요즘은 '방랑자 개' '떠돌이 개'라는 말을 들으면 불쌍하기도 하고 때로는 위험에 처한 유기견이나 들개들이 먼저 떠오릅니다. 하지만 다른 한편으로 〈명견 호보〉에서 보듯 문학이나 예술에 영감을 주는 소재가 되기도 하지요. 어렸을 때는 호보가 단순히 개의 이름을 뜻하는 줄 알았습니다만, 사실 '호보Hobo'는 떠돌이, 날품팔이, 방랑자 등을 뜻하는 영어 단어입니다. 주인공 개의 모습에 '방랑자'라는 말이 어울려 이런 제목을 붙인 듯합니다.

'호보'라는 단어가 등장하는 명곡도 있습니다. 바로 포크음악의 전설적 인물이자, 노벨문학상 수상으로 다시 한번 사람들의 주목을 받은 밥 딜런의 〈나는 외로운 호보I am a lonesome Hobo〉라는 곡입니다. 밥 딜런은 〈바람만이 알리라Blowin' in the Wind〉 같은 곡을 통해 저항적 포크음악의 중심 인물이 되지만, 얼마 지나지 않아 과감하게 포크와 록을 접목시키는 시도를 합니다. 이 때문에 그는 당시에 포크음악의 '변절자'로 순수주의자들에게 격렬한 저항과 항의를 받았습니다. 그러나 점차 그의 이런 시도는 대중음악사에 중요한 분기점이 된 공헌으로 평가받습니다. 포크음악의 전성기가 지난 지 이미 오래되었으나, 여전히 밥 딜런이 비틀스와 쌍벽을 이루며 현대 대중음악의 상징으로 남아 있는 것은 안주하지 않는 음악적 실험정신이 그 바탕이라 하겠습니다.

밥 딜런이 음악적 실험을 하며 일련의 문제작들을 녹음하던 시기를 지나 다시 어쿠스틱 포크로 돌아와서 내어놓은 음반이 바로 〈존 웨슬리 하딩John Wesley Harding〉이란 여덟 번째 앨범입니다. 지금도 그의 수많은 명반 중에서 손꼽히는 작품이지요. 여기에 담긴 〈나는 외로운 호보〉라는 곡은 다음과 같은 구절로 시작합니다.

나는 외로운 호보, 가족도 친구도 없죠. 또 다른 한 사람

의 삶이 시작될지도 모르는 곳, 거기가 바로 나의 삶이 끝
나는 곳이죠.

가사가 암시하듯 낭만이 아닌 회한과 고단함이 담긴 곡입니
다. 개, 더구나 떠돌이 개라는 것은 이처럼 외롭고 소외되고
보호받지 못하며 환대받지 못하는 존재를 상징합니다. 밥 딜
런의 노래에는 당시 미국에 많던 정처 없이 떠도는 부랑자들
이나, 공사장을 따라 멀리 옮겨 다니며 매일매일 힘든 노동
으로 삶을 영위하는 일용 노동자들의 처지가 함축되어 있습
니다. 오늘의 세계에서 이 노래는 다른 맥락 속에서 현재성
을 얻게 되리라 생각합니다. 무엇보다도 난민이나 무국적자
의 삶에 떠돌이 개와 같은 삶의 고단함과 위태함이 가장 짙
게 배어 있다고 할 수 있겠지요.
이탈리아의 철학자 조르조 아감벤은 인권과 존엄이 사치처
럼 여겨지며 보호받지 못하는 현대인의 처지를 날카로운 분
석과 예언자적인 혜안으로 논파하였습니다. 그런 그에게 중
심이 된 개념이 바로 '호모 사케르Homo Sacer'입니다. 그의 철
학적 작업을 흔히 '호모 사케르' 또는 '벌거벗은 생명'의 기
획이라 말하는데, 이는 더 이상 인간이 인간으로서 존엄성을
갖는 것을 '당연하지 않게' 여기는 세계적 추세에 대한 비판

적 성찰을 의미합니다. '사케르Sacer'는 '거룩하다' 혹은 '희생 제물'이라는 의미를 갖고 있습니다. 동시에 누구도 처벌받지 않고 죽일 수 있는, 어떠한 법적 조치에서도 제외된 부정적 의미의 '예외적인 존재'라는 의미도 가지고 있습니다. 이렇게 잉여가 된 인간 존재들이 문명화된 사회의 주변에서 점점 늘어나는 동시에 '보이지 않는 인간'이 됩니다. 그는 자신의 책 『호모 사케르』에서 이런 현상이 문명사회 전체를 소리 없이 지속적 '예외상태'로 변모시키는 요인이 된다고 이야기합니다. 이러한 암울한 시대에 대한 철학적 분석과 이에 따른 정치적 귀결을 예견하는 아감벤의 철학적 작업은 점점 '종말론적 사유'로 수렴됩니다.

사실 종말론적 사유는 그리스도교의 보편적 특징입니다. 그러나 오늘날의 교회가 종말론적 삶의 방식을 망각했다는 것은 아감벤의 교회 비판의 주요 동기라 할 수 있습니다. 이는 역으로 종말론적 신앙을 향해 쇄신함으로써 교회가 위기의 현대사회 안에서 중요한 역할을 할 수 있다는 가능성을 함축하는 것이기도 합니다. 이례적으로 아감벤은 2009년 사순절에 파리 노트르담 대성당의 사순절 특강에 초대되어, 3월 8일 성서학자인 에릭 모렝 신부와 함께 '예수, 이스라엘의 메시아'라는 주제로 대담을 합니다. 이 대담에서 아감벤이 답변

한 내용은 후에 『교회와 왕국La Chiesa e il Regno』이라는 소책자로 출간되었습니다. 사도 바오로에 대한 자신의 연구에 깊이 힘입은 이 강연에서 그는 교회의 존재 의미는 종말론적 시간의식 안에서만 충만하게 실현된다는 것을 강조하고 있습니다.

아감벤은 종말론적 또는 메시아적 시간경험에 대해 말하면서, '시간의 끝'에 대한 묵시론적 비전이 아니라 '끝의 시간'에 관한 문제라고 강조합니다. 이는 종말론적이고 메시아적인 태도의 핵심이 삶의 매 순간이 시간의 끝, 혹은 영원성과 맺는 관계에 있다는 의미입니다. 아감벤은 사도 바오로에게서 발견하게 되는 종말론적 삶의 자세를 거듭 강조합니다. 예수 그리스도의 육화(하느님의 아들이 사람으로 태어남)와 아직 다가오지 않은 종말 사이의 '남아 있는 시간'을 살아가는 교회는 안전한 정주자가 아니라 낯선 곳에서 순례하는 이의 실존을 지니고 있습니다. 아감벤은 이와 연관해서 유럽어에서 '본당'을 뜻하는 단어의 어원이기도 한 그리스어 'paroikia'의 신약성서적 의미에 주목합니다.

이는 곧 '나그네살이'를 의미하는데, 여기서 아감벤은 교회가 자신의 존재 의미를 잃지 않는 근본 자세를 찾고 있습니다. 이 강연의 마지막에서 그는 다음과 같이 현대의 상황 속에서 교회가 맞이하고 있는 도전이자 기획인 종말론적 쇄신을 촉구합니다.

인간 상호관계를 법적 규정과 경제 논리가 전적으로 지배하고, 우리가 믿고 희망하고 사랑할 수 있는 대상들이 우리가 행하거나 행하지 않도록 하고, 발언해야 하거나 발언해서는 안 된다고 강요되는 대상들과 바꿔치기되는 현실은 오늘날 법체계와 국가가 맞이한 위기의 표현일 뿐만 아니라 교회의 위기이기도 합니다. 왜냐하면 제도로서 교회는 오직 그 최종적인(궁극적인) 것과 직접적 연관을 가질 때만이 살아 있을 수 있기 때문입니다. 결국 그리스도교 신학은 남아 있는 시간도, 궁극적인 것도 모르는 제도는 하나밖에 없음을 알고 있습니다. 지옥 말입니다. 세계 경제체제의 영원성을 맹렬히 추구하는 오늘날의 정치 모델은 지옥에 비유됩니다. 만일 교회가 '나그네살이'의 존재 방식과의 근원적 연결을 끊어버린다면, 교회는 속절없이 이 시대 속에서 자기 자신을 잃게 될 것입니다. 그러기에 내가 다른 권위에 의존하지 않고, 또한 고집스런 습관을 통하지도 않고 시대의 표징을 읽고자 이 자리에서 제기한 질문은 다음과 같이 요약할 수 있습니다.

운명과
대화하는 법

과연 교회가 이 시대의 역사적 기회를 포착하여 자신의 메시아적 사명을 깨달을 것인가? 아니면 교회가 모든 여타의 정부들과 조직들이 그러하듯 몰락의 길로 휩쓸려가는 위험에 처할 것인가?

아감벤을 통해 우리는 우리 시대에 종말론적 사유가 얼마나 절실한가를 깨닫게 됩니다. 이 시대가 직면한 총체적 위기는 시대의 지배적 흐름에 부합하고 적응하는 도구적이고 기능적인 이성에 의해 극복될 수 없습니다. 오직 종말론적 사유만이 '전적으로 새로운' 근본적인 쇄신을 바라보고 감행하는 것입니다. 이 사유 안에서 쇄신을 향한 투신은 구원의 희망과 결합되어 있습니다. 그래서 종말론적 사유는 끊임없이 묻습니다. '우리 시대를 위한 구원의 희망은 있는가?'라고 말입니다. 이 질문에 대한 답은 아마도 집을 잃은 '떠돌이 개'와 같은 신세가 된 이들을 우리 시대가 어떻게 대하는가에서 결정될 것입니다.

각 개인의 삶은 여러 위기와 매일 대면합니다. 직접적인 생존과 신체의 위협까지 걱정하는 위급한 처지의 난민과 유랑민이 아니라, 한 나라의 시민이자 평범한 삶을 사는 사람이라 할지라도 종종 일상은 '위태로운 삶'으로 드러납니다. 이 위기는 우리 모두가 '위태로운 삶'에 선 공동 운명체라는 것을 깨닫고, 누군가를 배제하거나 '희생양'을 찾기보다는 마음을 모으기 시작할 때 견디고 극복할 수 있습니다. 공동체의 언저리에 존재하며, 그러기에 가장 위협받고, 보호받지 못하는 생명에 대한 연민과 존중으로부터 비로소 연대는 시작됩니다.

우리는 모든 방랑하는 이들의 삶에 진심으로 축복을 기원해야 합니다. 고향을 떠난 세상의 모든 사람이 외롭고 위태로운 떠돌이가 아니라 온전히 존엄한 삶을 살 수 있도록 응원하고 도와야 합니다. 모든 인간은 '길 위에 있는 존재'이자 '순례자'이며 '나그네'라는 것을 깨달아야 합니다. 이 시대가 구원받을 수 있는 희망의 시간은 그러한 연대가 존재할 때 비로소 도래할 것입니다.

운명과
대화하는 법

더
러
운

영

복음서를 보면 예수님께서 '더러운 영'을 쫓아내시는 장면들
이 여러 번 나옵니다. 매일같이 우리 시대의 일그러진 자화
상들을 대하다 보면, '더러운 영'이 세상을 지배하고 있다는
비관적인 생각을 떨치기 어렵습니다. '더러운 영'에 관한 복
음 말씀 중에서 유난히 인상적이고 또한 당혹스럽게 다가오
는 이야기 하나를 루카복음에서 상세히 듣게 됩니다.
예수님께서 게라사인들의 지방에서 '더러운 영'이 들린 사람

을 마주하시고 그 영에게 '나가라'고 명령하시자 그 영들은 스스로를 '군대'라 하며 돼지 떼 속에 들어가서 비탈을 내리 달려 호수에 빠져 죽게 됩니다. 이를 본 동네 사람들이 두려워하며 예수님께 조용히 떠나달라고 부탁하는 것으로 이야기는 끝을 맺습니다(루카 8, 26-39).

러시아의 대문호 도스토옙스키(1821~1881)는 이 복음 말씀에서 한 단락(루카 8, 32-36)을 뽑아 소설 『악령』의 머리말로 삼았습니다. 이 복음 말씀은 그의 대작을 이해하는 열쇠로 독자들에게 제시됩니다. 『악령』은 도스토옙스키의 가장 난해한 소설이자, 그 주제와 완성도에 가장 논란이 있는 작품이기도 합니다. 하지만 매우 강렬한 인상을 주는 작품임에는 분명하지요. 도스토옙스키가 이 성서 구절을 선택한 뜻은 머리말에 제사로 인용된 푸시킨의 시 「악령」을 읽어보면 짐작할 수 있습니다.

> 때려죽인다고 해도 흔적이 보이지 않는군. / 길을 잘못 들었어, 이제 어떡한담. / 아무래도 악령이 우리를 들판으로 내몰아서, / 사방을 헤매게 만드나 봅니다. / (…) / 그들의 수는 얼마나 될까, 그들을 어디로 내모는 걸까? / 도대체 왜 그렇게도 애처롭게 노래하는 걸까? / 지킴이를 매

운명과
대화하는 법

비평가들은 이 소설에서 도스토옙스키가 허무주의나 무신론, 공산주의 혁명 이데올로기에 사로잡혀 진정한 삶의 방향을 상실하고 있는 당시의 젊은이들과 사회의 모습을 비판적으로 그려냈다고 평가합니다. 작가는 소설에서 전무후무한 악마 같은 주인공 스타브로긴을 통해 '더러운 영'을 형상화하고 있습니다. 소설을 읽으며 독자들은 사람들이 서로를 파괴하고 자기 자신마저 죽음으로 내몰게 하는 '악령' 혹은 '마귀', 곧 '더러운 영'에 대해 전율하며 그 정체에 대해 묻게 됩니다.

도스토옙스키는 윤리적 감각과 타인을 사랑하는 능력을 잃고 결국 타인을 욕망의 대상으로만 착취하는 인간상에서 '더러운 영'의 모습을 보고 있는 것 같습니다. 타인을 파멸시키며 자기 파괴의 충동에 스스로를 내맡기게 하는 '더러운 영'은 정신적 공허를 은거지로 삼고 있습니다. 그리고 그 공허를 파괴적 욕망의 악순환 속으로 밀어 넣지요. '더러운 영'은 폭력적 시대의 배후이자 동시에 시대의 얼굴이기도 합니다. 이 소설을 읽으며 흡사 질주하는 돼지 떼같이 파괴적이고 혼돈 어린 시대 속에서 우리는 지금 어디에 서 있는지 다시금 생각하게 됩니다.

복음 말씀이 전하는 '더러운 영'과의 대결에서 영감을 얻은 도스토옙스키의 이 소설이 소름 끼칠 정도로 현재성을 가지고 있는 이유에 대해 곰곰이 헤아려봅니다. 이는 '더러운 영'에 대한 성서의 이야기가 우리가 살고 있는 시대의 실상을 드러내는 '살아 있는 은유'이자 '실재 상징'이기 때문입니다. 성서는 오늘날의 영적, 정신적 위기에 대해 말하며, 삶과 죽음의 문제에 정면으로 육박하고 있습니다.

사람들의 삶을 피폐하고 불안정하게 만드는 '더러운 영'은 우리의 사회구조 안에 실제로 뿌리 깊게 자리하고 있습니다. 잘 돌아가는 듯 보이는 세상은 사실 가까스로 지탱되는 것일 뿐, 그 뿌리부터 삶을 다시 돌보지 않는다면 '더러운 영'은 돌이킬 수 없이 사람들을 병들게 하고 죽음으로 내몰 것입니다. 참으로 '더러운 영'은 각자의 상처와 욕망에서 자라난 병든 영들이자, 시대와 사회 전체를 안개처럼 휘감으며 수많은 사람의 영적 생명을 앗아가는 '구조악'인 것이지요.

'더러운 영'을 물리치시는 예수님과 돼지 떼를 숙주로 질주하는 '더러운 영'의 가공할 만한 패악 그리고 '더러운 영'을 드러내고 치유하기보다는 차라리 예수님께서 조용히 떠나가 주시기를 부탁하는 게라사인들의 모습을 차례로 묵상하면서 오늘날 사회의 정신적 상황을 성찰하고 질문을 던져봅니다. 과연 우리는 '더러운 영'에 사로잡힌 자기 자신과 시대와 사회를 거슬러 변화할 용기가 있을까요? '더러운 영'은 '군대'라고 불릴 정도로 사정없이 세상을 휩쓰는 집단적 속성을 가지고 있기에 이를 거스르는 일은 용기가 필요합니다. 어쩌면 우리는 '더러운 영'에서 자유로워지고자 하는 갈망을 두려움 때문에 그때의 게라사인들처럼 그저 조용히 덮어두고 지나가기만 바라는 것은 아닐까요. 그러나 시대의 여러 병리적 현상들과 왜곡된 가치관에 대해 성찰하고 저항하는 것이 신앙인들에게는 참으로 중요한 사명입니다. 우리는 고통스러운 과정을 겪는다 하더라도 진정으로 살기 위해선 반드시 '더러운 영'에서 벗어나야 합니다.

이 시대의 '더러운 영'에서 벗어나기가 그토록 어려운 것은 그것이 어제오늘이 아니라 근대 이후의 역사적 과정을 통해 형성되었기 때문이고, 어느덧 그러한 가치의 전도들을 당연시하며 그 심각성을 인식하지 못하게 되었기 때문입니다. 개인의 자각과 회심을 촉구하고 치유를 위한 기도뿐만이 아니라, 병든 시대의 깊은 환부를 뿌리에서부터 식별하는 통찰과 변화시키려는 구체적 실천이 필요하겠지요.

근대가 모순을 드러낼 때, 도스토옙스키 같은 작가나 예술가

당신이 내게
말하려 했던 것들

들은 마치 예언자처럼 근원적 전환이 필요하다는 것을 감지하고 표현했습니다. 그리고 이를 드러내고 변화시키지 않을 때 미래에 다가올 근대적 삶의 비참한 파국을 예견합니다. 그들은 진보와 번영의 외피 아래 감추어진 '더러운 영'을 목도한 이들이었습니다.

『모비딕』으로 유명한 19세기 미국의 소설가 허먼 멜빌 역시 그러한 예언자적인 인물이었습니다. 단편 소설 『필경사 바틀비』는 그의 이러한 예지적 통찰을 보여주는 탁월한 작품입니다. 이 소설은 가히 '근대적 삶의 허무함을 보여주는 슬프면서도 참으로 진실된 작품(보르헤스)'입니다. 마치 서서히 빠져들어 결국은 헤어 나오지 못하는 늪처럼 근대적 삶의 방식은 사람들의 생명력을 소진시킵니다. 멜빌은 이러한 근대적 인간의 운명을 뉴욕 월스트리트의 한 변호사 사무실에서 필경사로 근무하는 주인공 바틀비를 통해서 보여줍니다. 그는 "하고 싶지 않습니다"라는 '부정'의 방식으로 자신을 둘러싼 '근대적 삶'의 요구에 이의를 제기합니다. 그러나 그는 패배합니다. 소설의 마지막은 이렇습니다.

바틀비는 워싱턴에서 배달 불능 우편물 취급소의 말단 직원이었다가 갑자기 행정부가 바뀌어 해고되었다고 한다.

운명과
대화하는 법

이 소문을 떠올릴 때 나를 사로잡는 감정을 나는 적당하게 표현할 방법이 없다. 배달 불능 우편물이라니! 꼭 죽은 사람처럼 들리지 않는가? 천성적으로, 그리고 불운으로 창백한 절망에 빠지기 쉬운 사람을 상상해보라. 그런 기질을 더 고양시키는 데 배달 불능 우편물들을 분류해서 태우는 것보다 적합해 보이는 일이 있을까?

그런 우편물들은 매년 대량으로 태워진다. 때로 접힌 편지에서 창백한 직원은 반지를 꺼낸다. 반지가 끼워졌어야 할 손가락은 아마 무덤 속에서 썩어가고 있을 것이다. 몹시 급한 구호금으로 보냈을 지폐를 꺼낸다. 그 지폐로 구원받을 수 있었을 사람은 더 이상 먹을 수도, 굶주림을 느끼지도 못한다. 사면 편지를 받았어야 할 사람은 절망에 빠져 죽었고, 희망적인 편지를 받았어야 할 사람은 희망을 품지 못하고 죽었으며, 희소식이 담긴 편지를 받았어야 할 사람은 구제받지 못한 불행에 짓눌려 질식당해 죽었다. 생명의 임무를 받아 나섰건만 편지들은 죽음으로 질주한다. 아, 바틀비여! 아, 인간이여!

그 몰락의 과정은 기이해 보이지만 보편적입니다. '더러운 영'은 눈에 보이는 성취에 도취된 사회에, 그 풍요의 그늘에서 '배달되지 않는 편지'에 지쳐 절망하는 이들이 외면받는 도처에서 그 얼굴을 드러냅니다. 각자가 고립되고 경쟁에 몰입한 각자도생의 삶에 사로잡혀 있을 때, 도덕적 규범과 인간애를 도외시하며 고삐 없이 이윤과 탐욕을 향해 질주하는 사회를 방관할 때, '더러운 영'은 우리 각자를 옥죄게 됩니다. 우리 삶은 영적 생명을 잃게 됩니다. '더러운 영'과 싸우는 것이 이 시대에 진정한 분투가 되어야 하는 것이지요.

예수님께서는 '네 이웃을 네 몸처럼 사랑하라'는 계명을 주셨습니다. 이 윤리적 가르침은 하느님의 거룩한 계명에서 가장 중요한 부분을 이룹니다. 그래서 이웃에 대한 의무를 제외한, 하느님을 향한 경건함만을 이르는 거룩함은 위선이고 또 거짓에 불과합니다. 이렇게 계시된 사랑의 계명이 무엇을 뜻하는지 온전히 깨달으려면 사람들은 사랑을 민족, 혈연, 친분에만 제한하는 좁은 마음을 확장해야 합니다.

이렇게 계명은 완성되는 것입니다. 이 완성은 예수님을 통해 이루어졌습니다. 예수님은 내가 좋아하고 나에게 속한 사람만이 '이웃'이라 생각하는 닫힌 마음을 활짝 열고자 하십니다. 그래서 원수를 위해 사랑하고 박해하는 사람을 위해 기도하라고 말씀하십니다. 이렇게 사람들이 생각하는 계명의 한계를 넘어서며 오히려 참된 계명을 완성하신 것이지요.

운명과
대화하는 법

계명의 완성은 윤리적 실천일뿐더러 '더러운 영'과 투쟁하는 참된 종교의 길이기도 합니다. 이러한 완성의 씨앗들은 구약성서 안에도 담겨 있습니다. 고아와 과부를 돌보고 떠돌이를 환대하라는 가르침에서 이미 사랑의 계명은 결코 끼리끼리 자신의 울타리 안에 있는 사람들끼리 나누는 것으로 제한될 수 없음을 알 수 있습니다. 나와 다르고, 우리라 부르길 꺼리는 사람들에게 향하는 사랑이 생겨날 때 사랑의 계명은 완성됩니다.

오늘날 철학 사상계에서 즐겨 사용하는 말로 하자면 '타자'를 받아들이는 곳에서 사랑의 계명이 온전한 의미를 찾는 것입니다. 폭력적이고 혼돈스러운 세계에서 벗어날 길을 찾는 현대 사상은 이러한 성서의 근본정신에서 다시금 희망의 빛을 찾고 있습니다. 그 좋은 예가 현대철학의 거장인 프랑스의 유대계 철학자 에마뉘엘 레비나스(1906~1995)이겠지요. 그는 '타인의 얼굴'을 대면하고 차마 외면하지 못하는 절대적 책임성에서 윤리의 근원을 발견하였는데, 그의 이런 철학에 영감을 준 원천은 바로 성서가 말하는 사랑의 계명이기도 합니다.

신앙은 회개를 요구합니다. 회개는 동시에 '더러운 영'에서 자유로워지는 사건입니다. 회개는 우리에게 익숙한 사랑과 의무의 한계를 넘어서는 도전이며, 타인의 얼굴을 외면하지 않고 대면하고 책임으로 받아 안으려는 노력입니다. 나의 안위와 자기만족에 머무는 것이 아니라 오직 사랑이 온전해지고 완전해지기를 갈망하며 끝끝내 걸어가는 발걸음입니다. 묵묵히 걸어가는 강건하면서도 부드러운 사랑의 발걸음, 이로부터 '더러운 영'에서 자유로워진 삶이 시작될 것이라 굳게 믿습니다.

운명과
대화하는 법

진
실
의

시
간

최근에 영화 〈더 포스트〉를 보면서 오랜만에 정치영화의 진
수를 만났다는 생각이 들었습니다. 스티븐 스필버그가 얼마
나 영화를 잘 만드는 사람인가를 새삼 실감했습니다. 내내
몰입하게 하는 흥미진진한 전개 속에 영화 속의 시간만이 아
니라 현실의 시간 속 절실한 주제까지 묵직하게 다루고 있습
니다. 미국 정부가 베트남 전쟁의 실상을 오랫동안 국민에게
속이고 있었다는 증거인 '펜타곤 문서'를 보도하는 문제를

두고 「워싱턴포스트」를 중심으로 한 언론들과 각종 압력으로 보도를 통제하려 했던 당시 닉슨 행정부의 갈등이 이 영화의 중심 주제입니다.

정부는 국민을 속이고 수많은 젊은이의 생명을 앗아간 무의미한 전쟁을 국가의 '위신' 때문에 끌어가고자 합니다. 이 영화의 주인공은 바로 이런 상황에서도 각자의 자리에서 이의를 제기하고, 용기 있게 행동하는 이들입니다.

베트남 전쟁에 정부기록관으로 참전했던 이는 양심의 부름에 따라 내부 고발자가 되기로 결심하고, 30여 년간 국민을 기만한 사실이 기록된 방대한 펜타곤 문서를 신변의 위험을 무릅쓰고 비밀리에 복사하여 언론에 알리려 애씁니다. 「워싱턴포스트」의 편집국장 벤 브래들리를 중심으로 한 기자들은 집요한 취재를 통해 이 문서를 입수하고, 법적 절차로 보도를 막으려는 정부의 위협에 담대히 맞서기로 합니다. 갑자기 세상을 떠난 남편의 뒤를 이어 경영자가 된 미국 최초 여성 언론사주였던 캐서린 그레이엄은 회사의 안위와 상류사회의 주인공으로서 자신이 누리는 평판이 위험해질 것을 무릅쓰고 언론의 본분을 다하기로 결심합니다.

벤 역을 맡은 톰 행크스를 비롯해 크고 작은 역을 맡은 모든 이들이 명연기를 보여주지만, 특히 캐서린 역을 맡은 대배

운명과
대화하는 법

우 메릴 스트리프의 연기는 감탄을 자아냅니다. 철저하게 남성 중심의 문화와 위선과 기만 그리고 타협이 일상인 언론계와 정치계의 중심에서 언론인으로서 자신의 소명을 서서히 자각하고 부드러움과 카리스마로 자신의 결단을 관철해가는 모습을 잘 보여주고 있습니다.

스필버그는 이 영화를 제작하는 것이 트럼프 시대의 의무라고 생각했다지요. 영화는 언론의 자유와 여성의 평등한 권리라는 다시 곱씹고 또 지켜야 하는 가치를 열정적으로 옹호하고 있습니다. 거의 완벽한 이 영화의 완성도는 이러한 메시지를 더욱 돋보이게 합니다. 언론이 한 시대와 사회에 주는 유익함은 그 사회가 '진실의 시간'을 맞이하고 지켜내도록 자극하고 돕는 데 있을 것입니다.

진실이 아프고 버거워도, 구태와 위선 속에서 사회가 병들어가거나 내면에서부터 도덕적으로 무너지지 않으려면, 그리고 가장 약한 이들이 가장 무참한 피해자가 되지 않게 하려면, '진실의 시간'이 유예되지 않아야 합니다. 로마시대의 문인 겔리우스 이래 '진실은 시간의 딸'이라는 말은 서양에서 하나의 격언이 되었습니다. 시간과 함께 진실이 드러난다는 옛사람의 지혜는 결국 '진실의 시간'이 거저 주어지는 것이 아니라, 은폐하고자 하는 유혹과 위협 속에서도 진실을 시간

당신이 내게
말하려 했던 것들

속에 드러내는 것이 인간의 길이라는 뜻입니다.

치유이자 해방인 시간, 속죄이자 용서인 시간은 오직 '진실의 시간'으로서만 다가옵니다. 진실의 시간은 누구도 홀로 가져올 수 없습니다. 진실의 시간을 위해서는 모두가 각자의 처지에서 '함께'해야 한다는 것을 알고 다 같이 노력해야 할 것입니다.

인생극장에서 허무에 답하다

셰익스피어는 인생을 극장에 비유하기를 즐겼습니다. 그의 희극 『뜻대로 하세요』 2막 7장에 나오는 다음 대사가 아주 유명하지요.

> "온 세상이 하나의 무대이지. 모든 남자와 여자는 그저 배우에 지나지 않고, 각자 무대에 등장했다간 퇴장해버린다네."

당신이 내게
말하려 했던 것들

이 달콤쌉싸름한 작품에서 씁쓸하긴 해도 견딜 만한 것이 인생이라는 인상을 받게 됩니다. 반면, 셰익스피어의 4대 비극 중 하나로 꼽히는 걸작 『맥베스』의 5막 5장 속 주인공 맥베스의 독백은 다른 차원의 것입니다. '인생극장'의 비극성은 통절합니다.

> "내일, 또 내일 그리고 또 내일이 기록된 역사의 마지막 글자에 다다를 때까지 이렇게 살금살금 걸어서 날마다 조금씩 다가오고 있어. 우리의 모든 어제는 바보들한테 죽은 흙으로 돌아갈 길을 불 밝혀 알려주지. 꺼져라, 꺼져, 단명한 촛불이여! 삶이란 단지 걸어 다니는 그림자에 불과할 뿐, 무대에 서 있는 동안은 뻐기고 안달하지만 그 후에는 더 이상 소식조차 들을 수 없는 삼류 배우와 같은 거야. 소리와 격분만 가득하고 아무 의미도 없는 천치의 이야기, 그게 바로 인생이야."

셰익스피어의 작품들은 어쩌면 '인생극장' 속 인간에 대한 연민으로 귀결되는 것이 아닌가 생각해봅니다. 인생의 마지막 결국 절망이며, 한 인간은 고작 '그림자'로서 자신의 인생을 살아가게 된다는 서글픈 인식을 하게 됩니다. 각기 다른 '배역'에 주어지는 허무와 어리석음 속에서도 환상이 아닌 진짜 희망을 찾으려는 '배우'들의 안간힘인 것이지요. 그것이 우리가 여전히 셰익스피어가 들려주는 이야기에 귀 기울이는 이유가 아닐까요. 우리 역시 '인생극장'이 허무하게 끝나지 않으리라는 것을 믿으며 참된 의미를 갈구하는 사람들이니까요.

허무에 답하는 것은 인간 생의 유한함과 대면하는 것을 피하지 않을 때 시작됩니다. 신약성서 야고보서에는 인간을 잠시 나타나서는 곧 사라져버리는 '한 줄기 연기'에 불과하다고 경고하는 구절이 나옵니다(야고 4, 13-17). 인생을 한바탕 꿈이라 하신 이 말씀을 귀담아들어야 합니다. 우리가 바쁘게 달려가던 발걸음을 잠시 멈출 때, 그 멈추어진 발걸음에서부터 비로소 우리의 인생이 변화됩니다. 인간은 자신이 '헛됨' 위에 서 있음을 볼 때만이 삶의 방식 곳곳을 덮고 있는 허세를 벗어버릴 수 있기 때문입니다.

인간의 삶이 참으로 유약하고 위태로운 지반에 있음을 집요할 정도로 철저하게 보는 글이 바로 블레즈 파스칼의 『팡세』입니다. 파스칼은 인간이 무로 사라져 갈 수 있다는 가능성을 느낄 때마다 어딘가에 몰두하여 그 의식이 주는 두려움에서 달아나려 한다고 말합니다. 파스칼은 이렇게 비유합니다.

당신이 내게
말하려 했던 것들

우리는 낭떠러지를 보지 않기 위해 무언가로 앞을 가린 다음에 낭떠러지로 근심 없이 달려 나간다.

이런 심리는 사람들이 오락에 몰두하는 이유이기도 한데, 오락으로 회피하는 삶은 결국 비참한 귀결에 이르게 된다고 덧붙입니다.

비참 ─ 우리의 비참을 위로해주는 유일한 것은 오락이다. 한데, 그것은 우리의 비참 중에서 가장 큰 비참이다. 왜냐하면 우리 자신에 대해 생각하는 것을 방해하고 우리 자신을 서서히 잃게 만드는 것이기 때문이다. 오락이 없으면 권태에 빠질 것이다. 그리고 이 권태는 거기에서 빠져나오기 위한 더 강력한 방법을 찾도록 부추길 것이다. 그런데 오락은 우리를 즐겁게 하고, 모르는 사이에 우리를 죽음에 이르게 한다.

인생의 무상함을 느끼는 것은 쓸쓸한 일이지만 좋은 약이 됩니다. 우리에게 인생을 정면으로 대면하는 기회를 주기 때문입니다. 이 기회를 놓치지 않을 때 우리는 우리의 삶이 하느님의 선물임을 깨닫고, 참된 삶을 살아가게 될 것입니다.

운명과
대화하는 법

죽음의 연습

스물일곱이 되던 해에 처음으로 외국에 나갈 기회가 있었습니다. 신학교에서 프랑스어 초급반에 등록했는데, 운 좋게 프랑스로 어학연수를 떠날 기회가 생긴 것이지요. 그때 경험했던 여러 장소와 사건들이 지금도 기억에 많이 남습니다. 몹시 아름다웠던 풍광들이 가슴을 일렁이게도 했고, 중요한 성지들을 둘러보며 마음을 가다듬기도 했습니다. 재미있고 흥미로운 일들도 많았을 텐데, 이상하게도 긴 세월이 지나 그

당신이 내게
말하려 했던 것들

첫 번째 유럽여행을 상기할 때면 잊히지 않고 떠오르는 것이 있습니다. 바로 파리에서 머물렀던 어느 대학 기숙사의 복도 끝 방문 앞에 붙어 있던 그림 한 장입니다.

그 방의 주인은 대학생이었을 것이고 여름방학이어서 아마 여행 중이거나 고향에 간 것 같았습니다. 머무는 동안 늘 닫혀 있던 방문에는 스케치북에 그린 수채화 한 장이 붙어 있었습니다. 왠지 그 방의 주인이 직접 그린 듯한 느낌이 들었습니다. 그림에는 소박하면서도 밝은 색채로 아름다운 뤽상부르 공원의 모습이 담겨 있었습니다. 그림의 아래에 몇 개의 단어들로 구성된 문장이 적혀 있었습니다.

꽃, 태양, 하늘, 아름다움 그러나 이것들이 다가 아니다. 죽음.

얼굴도 보지 못한 학생이 그림을 그리고 그 밑에 이 단어들을 쓰면서 곰곰이 생각했을 모습을 상상해보았던 기억이 생생합니다. 화창한 공원의 그림과 예쁜 단어들과 '죽음'이라는 단어의 만남에 조금은 충격을 받았던 것도 같습니다. 우리 인생의 아름다운 것들이 '죽음'이라는 말을 만났을 때, 우리의 자세는 어떠한지 그때나 지금이나 가끔씩 생각하게 됩니다. 그것이

운명과
대화하는 법

우리의 삶을 불안하게도 하고, 힘들게 하기도 하고, 때로는 깊어지게 하고 고귀하게도 하기 때문입니다.

가톨릭교회는 늦가을이 시작될 때 '위령의 날'을 보내는 전통이 있습니다. 쌀쌀한 공기와 따사로운 햇볕이 함께 다가오고, 단풍과 낙엽이 함께하는 11월 초입의 오후, 성직자들의 묘역에 모여 함께 위령미사를 올립니다. 미사 후 무덤가를 소풍 온 듯 거닐고 묘지들을 쓰다듬다 보면 그리운 분들이 떠오를 뿐만 아니라, 나 자신의 죽음까지 생각하게 됩니다. 자신의 죽음을 생각하면서 우리는 '죽음의 연습'을 시작하게 됩니다. 플라톤을 비롯한 많은 위대한 고대 철학자들은 '죽음의 연습'을 평생에 걸쳐 진실하게 임하는 것이야말로 참된 철학자의 증거라 믿었습니다. 죽음의 연습은 그리스 시대의 소크라테스와 플라톤 이래, 로마시대의 마르쿠스 아우렐리우스와 세네카에 이르기까지 삶으로 철학을 하는 가장 탁월한 예였지요. 고대의 현인들은 죽음의 연습이자 죽음의 기예인 '아르스 모리엔디'가 사실은 영혼과 정신을 올바르게 가다듬는 수련을 기꺼이 수행하고 진정한 행복에 도달하는 삶의 기예인 '아르스 비벤디Ars Vivendi'와 통한다는 것을 잘 알고 있었습니다. 그러하기에 플라톤은 대화편인 『파이돈』에서 죽음을 앞에 둔 자신의 스승 소크라테스의 마지막 모습을 전하고 있

당신이 내게
말하려 했던 것들

습니다. 이 작별의 자리에서 소크라테스가 가르쳐준 것은 다음과 같습니다. "참되게 철학을 수행하는 것은 다름 아니라 죽음을 연습하는 것이다."

우리는 '죽음을 연습'하는 것이 삶을 올바르게 살아가는 방법이자, 이를 추구하는 사람만이 삶의 참된 의미를 알게 된다는 것을 깨닫게 됩니다. 삶의 의미는 죽음의 의미를 통찰하는 씨앗 안에서 자란다는 것을 고대 철학의 현인들과 그리스도교 신앙의 스승들이 공유하기도 했습니다. 중세 말기 이래 근대와 현대까지 많은 그리스도교 신앙인의 영적 동반자가 되었던 토마스 아 켐피스(1380~1471)의 『준주성범』에서도 다음과 같이 '죽음의 연습'을 통해 영적 회심과 성장에 이르라는 권고를 만나게 됩니다.

> "이곳에서의 너의 삶은 곧 끝날 것이다. 그러니 지금 네가 어떠한 처지에 있는지 살펴보라. 우리는 오늘 살아 있으나 내일 죽으며, 곧 잊힌다. 오! 사람의 마음은 어찌 그리 아둔하고 완고한가! 지금 순간만 생각하고 장래 일은 미리 준비하지 않는다. 그러므로 네 모든 행동과 생각을 함에 있어 바로 오늘 죽을 것처럼 하고 있어라."
>
> *－23장 죽음에 대한 성찰 중 3항*

운명과
대화하는 법

하지만 우리는 『준주성범』에서 삶의 무상함과 죽음 후에 올 하느님의 심판에 대한 경고만을 보는 것이 아닙니다. '죽음을 기억하는' 진지함으로 현재의 삶에 충실하고 참 기쁨을 느끼라는 권면도 발견하게 됩니다.

> "죽음의 때에 찾고자 하는 삶의 모습대로 지금 살려고 하는 사람은 얼마나 행복하며 슬기로운가!"
>
> ― 23장 죽음에 대한 성찰 중 4항

지금 주어진 삶을 충실하고 행복하게 살아가는 것과 함께, 삶의 마지막에도 감사의 마음을 갖는 것이 살아내는 일에 있어서 가장 중요한 일이라 생각합니다. 이러한 삶의 긍정은 죽음을 생각하고 연습하는 것을 두려워하지 않는 자세에서 자라나는 것임을 믿어 의심치 않습니다.

당신이 내게
말하려 했던 것들

삶은
빛
난
다

적멸의 정서가 파고드는 싸늘한 늦가을의 밤이면 문득 몸에
스며드는 허무에 소스라칩니다. 떨칠 수 없는 허무감은 역설
적으로 살아도 사는 것 같지 않고 그저 무기력하게 지속되는
일상의 시간 속에서 생생하고 빛나는 순간들을 만나고 싶은
갈망이 있기 때문입니다. 살고 있다는 것이 가슴 벅차게 느껴
질 내 인생의 빛나는 순간은 과연 언제 오는 걸까요.
미국의 철학자 휴버트 드레이퍼스와 숀 켈리가 함께 쓴 철학

서 『모든 것은 빛난다』에서 저자들은 우리가 사는 세계를 무기력과 탈진의 시대라 일컫습니다. 이런 시대에 각 개인에게 가장 중요한 것은 인생을 바꿀 거창한 계기를 헛되이 기다리거나 자괴감만 남길 자극적 쾌락에 탐닉하는 대신 자신의 일상을 감사와 경이의 눈으로 보는 것이라고 조언합니다. 더나아가 그런 눈을 가진 이들만이 평범한 일상이 품은 '빛나는 순간'을 알아볼 수 있다는 사실을 다양한 관점에서 조명합니다. 이 책의 마지막에 소개하는 한 우화가 이러한 삶의 태도를 잘 이야기해주고 있습니다.

한 지혜로운 스승이 자신의 두 제자를 하산시켜 세상으로 보내며, 만일 '세상의 모든 것이 빛난다'는 사실을 발견한다면 인생은 복될 것이라 이릅니다. 하산 후 서로 다른 길을 가다가 한참이 지나 두 제자가 다시 만났을 때, 한 제자는 세상의 좋은 것과 나쁜 것을 다 겪으며 결국은 모든 것이 빛난다는 사실을 믿지 못하게 되었다고 씁쓸해합니다. 여기에 다른 제자가 행복으로 빛나는 얼굴로 이렇게 대답합니다.

"모든 것이 빛나는 것은 아니라네. 다만 빛나는 모든 것이 존재하는 것이지."

우리는 작고 평범하고 불완전한 존재들이며 그러한 존재들로 둘러싸인 세계 안에서 살아갑니다. 그러나 이 작고 불완전한 것들은 모두 가까운 장래에 모든 것을 사랑으로 완성하실 하느님의 섭리에 의해 존재합니다. 그러므로 각자가 '빛나는 순간'을 담고 있는 작은 조각들이라는 것을 잊지 말아야겠지요. 소리 없이 가을이 사라져가는 밤이면 '모든 죽어가는 것을 사랑하는 마음'으로 깨워봅니다. 그리고 사랑의 눈으로 모든 것이 빛나고 있는 장관을 가만히 바라봅니다.

운명과
대화하는 법

그
사
람
,
다
윗

다윗은 우리에게 인간이 겪는 가장 큰 비참함을 보여줍니다.
욕망과 오만함이 낳은 죄가 위대하고 고결했던 인물을 죄인
의 자리라는 나락으로 떨어뜨렸기 때문입니다. 구약성서가
증언하는 다윗의 삶은 마치 그리스 비극을 비롯한 인류의 위
대한 문학 작품들이 반복해 증언하고 있는 '인간조건'의 생
생한 예처럼 보이기도 합니다. 우리가 인간조건, 즉 인간의
제약성을 말할 때 가장 먼저 떠올리는 것은 인간이 필멸의

존재라는 것, 인간의 삶이 우연성에 좌우된다는 것, 인간이 세상사와 인간관계의 관계망 속에서 자유롭지 못하다는 것 등입니다.

그러나 다윗의 이야기를 통해 우리는 우리를 가장 고통스럽게 하는 인간의 불완전성이 바로 죄를 짓는다는 사실이 아닐까 생각하게 됩니다. 평생 쌓아온 덕망, 겨우 누리게 된 행복을 다른 사람이 아닌 바로 자신의 죄로 한순간에 잃을 수 있다는 사실이 우리를 전율하게 합니다. 내가 내 삶을 망치는 원수였다는 것을 깨닫는 진실의 순간을 받아들일 수 있는 사람이 얼마나 될까요. 더구나 성서는 그리스 비극의 주인공들과 달리 다윗의 죄에 일체의 변명거리가 없다는 사실을 명백하게 이야기하고 있습니다. 또한 인간의 가장 큰 위대함이 인간의 죄가 초래한 비참함의 심연에서 시작된다는 것을 다윗을 보며 알게 됩니다. 다윗은 끝없이 낮아져서 찢어지는 마음으로 자신의 죄를 고백합니다. 그의 무거운 죄가 그를 절망과 죽음으로 이끌지 않은 이유는 다윗이 죄를 회피하지도 또 영웅적 오만함으로 죄의 결과를 혼자 짊어지려고도 하지 않았기 때문입니다. 오직 본인이 가난한 죄인임을 깨달았던 것이지요. 그리고 여기에서 인간의 가장 큰 위대함이 시작됩니다.

운명과
대화하는 법

다윗의 삶에서 가장 비참한 순간은 그가 아들 압살롬의 반역으로 쫓기는 신세가 되면서 시작됩니다. 그는 수하의 신하들에게 퇴각 지시를 내리고, 울며 머리를 가리고 맨발로 올리브 고개를 올라갑니다. 그는 자신에게 닥친 이런 운명을 자신이 아내 바세바에 대한 욕망에 눈이 멀어 그녀의 남편이었던 의로운 군인 우리야를 억울하게 죽도록 사주한 죗값이라 받아들입니다. 이후 압살롬의 반역은 실패합니다. 도주하던 압살롬은 머리카락이 나뭇가지에 걸려 매달리게 되는데, 다윗 군의 총사령관이었던 요압 장군은 다윗의 뜻과 다르게 압살롬을 그 자리에서 죽입니다. 비록 반역을 했지만 어느 아들보다 더 압살롬을 사랑했던 다윗은 애타게 기다렸던 그가 죽었다는 말을 듣고 깊은 충격에 목 놓아 웁니다(2사무 19, 1-5).

구약성서는 다윗의 비참한 신세를 적나라하게 묘사하고 보여줍니다. 반역을 일으킨 사랑하는 아들 압살롬에게 쫓기는 처량한 신세가 되어 '울며 머리를 가리고 맨발로 올리브 고개를 올라가는' 다윗의 모습은 깊은 연민의 마음을 갖게 합니다. 그리고 그 배은망덕한 아들의 죽음 앞에서도 애끓는 마음으로 "압살롬, 압살롬"이라 목 놓아 울며 부르짖을 수밖에 없는 다윗을 보며 우리는 인간 운명의 가혹함에 말을 잊게 됩니다.

다윗 이야기처럼 몰락한 왕의 모습을 생각할 때 바로 떠오르는 것이 하나 있습니다. 바로 셰익스피어의 유명한 비극 『리어 왕』입니다. 딸들에게 배신당하고 더 이상 자신이 처한 진실을 마주할 도리가 없어 '내가 누구인지 말할 수 있는 자가 누구인지' 반문하며 광기로 도피하는 비극적인 인물 리어 왕의 모습은 우리를 압도합니다.

그런데 성서에 나오는 다윗의 이야기를 다시 차분히 읽으며 묵상해보면 우리가 만나는 다윗의 고난은 단지 역사 안에서 수없이 반복된, 즉 권력의 정점에서 몰락한 왕들의 이야기 중 하나가 아니라는 것을 알게 됩니다. 또한 셰익스피어가 이야기를 위해 만들어낸 리어 왕 같은 비극의 주인공도 아니라는 것을 알게 되지요. 대신 우리는 다윗을 통해 인간의 죄와 권력의 오만이 불러온 절망과 허무의 바람이 지나간 곳에서 인간의 역사에 개입하시는 하느님을 만나게 됩니다.

신앙인이 대면하는 인생의 진실은 죄와 불운이 가득하다 하더라도 언제나 구원의 시작을 품고 있습니다. 다윗이 '주님의 처분에 모든 것을 맡기기로 결심했다(2사무 16, 5-14)'는 사실은 체념을 뜻하는 것이 아닙니다. 여기에서 인간은 삶을 혼자 만들어갈 수 없으며 모든 것이 하느님의 섭리 안에 있다는 사실을 깨닫게 됩니다. 자신이 하느님의 품에 놓인 가

운명과
대화하는 법

난한 죄인임을 깨달은 신앙인의 삶은 장엄하되 허무로 끝나는 비극의 주인공 같은 것이 아니라, 실패와 고난 속에서도 구원을 희망할 수 있는 순례자의 길 같은 것입니다.

구약성서 중 지혜문학에 속하는 집회서를 보면 후대인의 시각에서 다윗의 생애를 평가하고 그의 삶을 신앙의 관점에서 묵상하는 대목이 나옵니다(집회 47). 그중에 아름답고 감명 깊은 구절이 있는데, 다윗은 '자신을 지으신 분을 사랑하였다(집회 47, 8)'라는 대목입니다. 이 한 구절에 다윗이 겪은 수많은 비극과 고통 그리고 스스로 범한 큰 죄와 오류에도 불구하고 결국 훌륭한 삶을 살아낼 수 있었던 비밀이 담겨 있습니다.

다윗이 자신을 지으신 분을 사랑하였다는 것은 자신이 어디에서 왔는지를 잘 알고 있다는 말입니다. 그리고 그렇게 부여받은 자신의 존재를 있는 그대로 받아들였다는 뜻이지요. 죄를 고백하고 수치심에 숨는 것이 아니라 하느님께 모든 처분을 맡기는 가난한 모습을 보인 것은 참으로 온전하고 올바르게 자신의 삶을 사랑하는 법을 알았다는 것을 보여줍니다. 하느님 앞에 가난해질 수 있는 것은 그분의 자비를 신뢰하였다는 의미입니다. 이를 통해 우리는 다윗이 삶의 여정에서 겪은 수많은 인생의 사건을 관통한 것이 무엇이었는지 깊이 묵상하게 됩니다.

다윗은 먼저 자신의 생명과 인생이 하느님의 자비에서 비롯하였음을 알고 있었습니다. 그러기에 하느님에 대한 그의 사랑과 의탁은 무조건적일 수 있었고 어린아이 같을 수 있었으며 왕으로서의 위신과 위엄 따위는 문제가 되지 않았습니다. 그는 그렇게 부여받은 소중한 자신의 존재를 긍정하고 사랑하는 사람이었습니다. 그것은 무엇보다도 그가 죄를 지었을 때, 수치심과 절망에 은거하거나 권력으로 그 죄를 덮으려 하지 않고 죄를 고백하고 회개하고 하느님께 모든 처분을 맡기는 가난한 모습을 보인 데서 드러납니다.

올바르게 자신의 존재를, 자신의 삶을 사랑하는 것은 그럴듯한 허상을 애써 지켜내는 것을 의미하지 않습니다. 오히려 상처와 불완전함과 죄성(죄업의 본성)을 자신을 지어내신 하느님 앞에 드러내어 복원과 치유를 청하는 것을 말합니다. 온전하고 조화로운 삶은 우리가 자신의 힘만으로 만들어낼 수 있는 것이 아니며 자연이 그러하듯 '지어내신 분'의 선물인 것이지요. 우리의 무력함을 고백하고 그분의 자비를 신뢰할 때 그토록 갈망하는 온전한 삶을 얻는다는 역설을 우리는 다윗에게서 배우게 됩니다.

코
헬
렛
은
 말
한
다

성서의 인물 중에서 코헬렛은 가장 철학자 같은 인물입니다.
자연의 순리와 인간사의 흐름을 관찰한 후 모든 것은 '허무'
라고 결론짓는 그의 모습에는 우주의 원리와 인생사의 의미
를 '관조'하는 고대 철학자들의 풍모가 엿보입니다. 그러나
코헬렛이 경험하고 확인한 허무는 형이상학적 차원이 아니
라 실존적 차원의 허무이기에 학문적 관조의 대상이 아니라
끌어안고 살아가며 넘어서야 할 삶의 과제입니다.

코헬렛은 추상적 사유를 목적으로 하는 철학자가 아니라 피와 살을 가지고 살아가는, 인생을 정말 제대로 살아보고 싶어 하는 구도자이자 실천가로서의 철학자라 하겠습니다. 그가 직면한 허무는 인간의 수고와 나아가 삶 전체가 무의미한 것으로 판명될 수 있다는 마음 깊은 곳에 도사린 불안과도 같은 것이라 하겠습니다.

'코헬렛'을 읽다 보면 그가 정말로 염세적이고 회의적인 세계관으로 일관하는 '허무의 철학'에 도달한 것 같은 인상을 받게 됩니다. 그러나 많은 주석가의 견해처럼, 그의 철저한 현상인식은 사람들이 순진하게 의지하는 피상적인 낙관주의를 벗겨내려는 의지의 표현입니다. 코헬렛은 진정 의미 있고 행복한 삶이 무엇인지 알고 싶은 열정을 지니고 있었습니다. 그리고 인간적 업적과 소유, 지식, 쾌락에 대한 무조건적인 긍정은 삶에 대한 잘못된 이해를 낳음을 알았기에 먼저 그 환상을 깨야 했을 것입니다. 그가 자신의 체험을 들어 말하듯 '세상의 왕 노릇'을 하는 것이 얼마나 허무한 일임을 아는 사람만이 참된 행복을 알아볼 눈을 갖기 때문입니다. '모든 것이 허무요 바람을 잡는 일(코헬 1, 14)'이라는 인식에 도달했을 때에야 비로소 '삶의 무상성'을 넘어서는 진정한 '행복의 철학'을 시작할 수 있습니다.

'허무'에 대한 성찰과 더불어, 코헬렛의 초반부를 읽어가면서 공감하고 탄복하게 되는 것은 '때'에 대한 코헬렛의 날카로운 통찰입니다. 코헬렛은 '하늘 아래 모든 것에는 시기가 있고 모든 일에는 때가 있다(코헬 3, 1)'는 관점에서 세상사를 하나하나 새겨보고 있습니다. 그의 말을 들으면 고개를 끄덕이며 생각에 잠기게 됩니다. 여기서 '때'에 해당하는 히브리어 '에트'를 종종 어떤 행위를 위해 사람이 주도적으로 선택하는 '적절한 시점'이란 의미의 그리스어 '카이로스'와 같은 의미로 보기도 합니다. 하지만 코헬렛은 '때'를 이미 하느님께서 미리 준비하시고 정해주신 '주어진 기회'로 이해하고 있습니다.

이는 곧 우리가 행한 이들의 전적인 주인이 아니라는 것을 암시합니다. 사실 인간은 지금이 하느님께서 지금 내가 행하는 인생사를 위해 허락하신 때라는 것을 느낄 수 있는데, 이것이 바로 인간의 '시간의식'입니다. 하지만 하느님이 하시는 일의 전모를 시작과 끝의 흐름 안에서 파악할 수는 없다고 말합니다. 코헬렛은 이렇듯 모든 것에는 미리 정해진 때가 있고, 그 세상사의 전체적 의미를 알 수 없다면 수고를 들여 행하는 모든 일이 우리에게 어떤 보람을 가져다줄 수 있는지 묻고 있습니다.

그의 질문은 우리가 인생에서 부딪히는 근원적 질문이기도 합니다. 내가 애써 해낸 일들이 과연 의미가 있었던 것일까? 그런데 이 질문을 조금 바꾸어 던져보고 싶습니다. 내가 한 일에서 내가 차지하는 역할이 미미하다는 것을 알고, 또한 내가 흙으로 돌아가게 된다는 것을 안다 할지라도 내게 주어진 기회와 내가 이룬 업적에 대해 감사하고 의미를 찾는 것이 과연 가능할 것인가? 코헬렛이 던져준 '허무'와 '때'의 성찰은 우리에게 이런 인간조건 속에서도 삶의 충만한 의미가 어디에 있는지 발견하도록 이끌고 있습니다.

이어 코헬렛은 우리에게 '젊음의 날'을 즐기라 권고하며, 허무를 인간조건으로 안고 사는 우리가 삶에서 의미를 찾는 것은 오로지 하느님이 '지금' 주시는 즐거움을 온전하게 향유하는 데 있다고 말합니다(코헬 9, 7-10; 11, 7-10). 이런 권고는 로마시대 시인 호라티우스의 시구에서 유래한 라틴어 격언 '카르페 디엠Carpe diem(이 날을 잡아라)'을 떠오르게 합니다. 그러나 코헬렛이 '젊음의 날'을 즐기라고 하는 것의 의미를 에피쿠로스 주의에 뿌리를 둔 '우아한 쾌락주의'로 이해해서는 안 됩니다. 다음의 두 가지 구체적인 권고를 들어보면 알게 됩니다. 코헬렛은 한편으로는 '네 마음이 원하는 길'과 '네 눈이 이끄는 곳'으로 가길 권유하지만 다른 한편으로는 심판자

운명과
대화하는 법

이시며 또한 창조주이신 하느님을 기억하라고 가르치고 있기 때문입니다. 자신의 마음을 따르는 것과 하느님을 알고 기억하는 것은 상이하고 대립되는 것이 아니라 서로 깊이 연결되어 있습니다.

그는 '허무'에 대한 뼈저린 인식으로부터 '젊음의 날'이 상징하는 '현재'에 하느님을 경외하며 온전히 머무는 것이 허무 속에서도 삶의 의미를 발견하는 진정한 '삶의 기예'라는 결론에 도달한 듯 보입니다. 또한 그는 '현재'에 머물 수 있는 사람에게는 미래에 대한 근심과 고통에 대한 두려움은 자연스럽게 흘러가게 되리라 희망합니다. 우리는 코헬렛의 '행복의 철학'이 도달한 이런 결론에 감탄하고 그 안에서 큰 위안을 얻습니다. 그러나 한편으로 그의 답에는 여전히 허무의 그늘이 짙게 드리워져 있음을 간과할 수 없습니다. 우리가 허무와 좌절을 넘어서, 근심과 고통에도 굴하지 않고 삶의 의미를 찾는 것은 과거에 대한 감사와 미래에 대한 희망 없이 그저 현재에 머무는 것만으로는 불가능합니다.

우리가 행복하게 '향유'하는 현재는 언제나 사랑의 기억과 사랑을 통해 헌신하려는 미래를 향한 결단 그리고 열려 있는 시간 속에서 나를 기다려주는 이들에 대한 신뢰가 수렴되는 자리여야 할 것입니다. 나의 삶을 지속적이며 점점 깊어가는 감사의 축제, 기억의 축제로 만들어가는 것은 참으로 '영원한 젊음'을 향유하는 삶의 길입니다.

운명과
대화하는 법

스바 여왕과 솔로몬의 대화는 사람의 상상력을 자극합니다. 그러기에 짧막한 성서 구절을 둘러싸고 여러 전승과 전설들이 생겨났고 많은 문인과 화가와 음악가가 작품의 소재로 삼기도 했습니다. 얼마나 현명하고 지혜로운 이야기들을 나누었을까 싶어 그 만남의 자리에 함께하고 싶은 바람이 있습니다. 사실 단지 명성만 듣고 만나고 싶었던 사람을 만났을 때, 진정한 배움을 얻는 것은 고사하고 실망하지 않기란 쉽지 않습니다. 그러나 여왕이 단순히 허영과 호기심에서 솔로몬을 만나려 한 것이 아니었다는 점은 열왕기 상권의 그녀가 '마음속에 품고 있던 것을 모두 물었다(1열왕 10, 2)'는 구절에서 알 수 있습니다. 여왕은 솔로몬의 진면목을 알아보는 눈을 가지고 있었습니다. 그래서 그녀는 솔로몬이 가진 지혜의 참모습을 알게 됩니다. 여왕이 진심으로 배우고자 했던 솔로몬의 지혜는 그저 유려한 말과 화려한 성공으로 포장된 얄팍한 처세술이 아니었기에 두 사람의 만남은 진솔한 대화와 꾸밈 없는 경탄을 낳습니다.

무엇보다 인상적인 것은 그녀가 '하느님께서 솔로몬을 왕으로 세워 이스라엘에 공정과 정의를 실천하게 하셨다(1열왕 10, 9)'라고 말하는 대목입니다. 이 구절을 곰곰이 묵상할 필요가 있습니다. 우리가 지혜를 구한다고 할 때 사실 내 한 몸 건강히 세상의 풍파를 피하고, 시대의 조류를 잘 타서 가족의 안녕과 직업적 성공 그리고 마음의 평안을 얻는 기술을 떠올릴 때가 많습니다. 그러나 여왕은 솔로몬이 가진 지혜의 본모습은 바로 주님의 뜻인 정의와 공정을 실천하게 하는 길임을 알아보았습니다. 우리 역시 지혜를 귀하게 여긴다고 말하기에 앞서 그 지혜란 바로 정의와 공정의 실천을 의미함을 깨달아야 할 것입니다.

운명과
대화하는 법

구약성서의 솔로몬 이야기에는 반전이 있습니다. 칭송받던 현인 솔로몬이 말년에 오류의 길에 들어섭니다. 사전지식 없이 읽기 시작한 사람이라면 놀랄 수도 있습니다. 느긋하게 해피엔딩과 유종의 미로 이어지는 지혜로운 노년의 솔로몬을 기대하다가 예상치 않게 그의 어두운 그림자를 만나게 되니까요(1열왕 11). 당혹감이 큰 만큼 성서 말씀이 우리의 험한 인생의 진실을 얼마나 정직하고 준엄하게 비추어주는가에 대한 경외심도 갖게 됩니다. 구약성서는 민족적 영웅이었고 인간적 위대함의 가장 큰 모범이었을 인물에 대해서도 미화하려 하지 않습니다. 우리는 여기서 나이와 경험이 언제나 지혜를 보장해주는 것이 아니라는 쓸쓸한 인생의 진리도 생각하게 됩니다.

현명하고 또 하느님 뜻에 합당하게 살았던 한 인물의 몰락이 어디에서 시작되었는지에 주목하여 솔로몬 이야기를 묵상하다 보면, 그가 아버지 '다윗과 달리 하느님께 한결같지 못했다(1열왕 11, 4)'는 성서 구절이 마음에 박힙니다. 어쩌면 이러한 작은 데서 파국이 시작되었을 것입니다. 한때는 솔로몬이 지닌 지혜 중 가장 쓸모 있는 부분이었을 '인간적 영리함'이 조금씩 그를 지혜의 참된 원천인 겸손과 믿음에서 벗어나게 했다는 사실이 드러납니다. '혼인외교'는 그 단적인 예일 것입니다. 인간적이고 현세적인 수완이 가져온 외적인 성공이 조금씩 지혜의 길에서 벗어나고 있는 자신의 모습을 보지 못하게 했던 것이지요. 우리가 스스로에게만 의지하고 하느님께 길을 묻는 것을 게을리할 때, 우리의 장점과 수완은 더 이상 온전한 삶을 돕지 못할 것입니다. 오히려 우리를 오만함과 자기도취로 이끌어 지혜의 길을 버리게 한다는 사실을 한때는 화려했으나 불행해진 노년기 솔로몬의 삶에서 다시 한번 배우게 됩니다.

나는 실존주의자입니다

영국의 저술가 세라 베이크웰이 프랑스 바로크 시대의 문인
인 미셸 드 몽테뉴(1533~1592)의 고전 『에세(수상록)』를 몽테
뉴의 생애와 함께 해설한 저서 『어떻게 살 것인가』는 독서의
즐거움과 유익함을 얻게 하는 책입니다. 몽테뉴의 인생관에
서 현대인에게 필요한 실천적 지혜를 잘 길어내고 있기 때문
이지요. 이 책을 읽고 깊은 인상을 받아 저자의 이름을 기억
하고 있었습니다. 그 후 유럽의 한 공항 서점에서 그녀의 신

작 『실존주의자의 카페에서 At the Existentialist Café』를 발견했고, 반가운 마음에 사서 읽어보았습니다. 기대에 어긋나지 않는 책이었는데, 곧 우리말 번역으로 만나게 되어 반가운 마음이 들었습니다. 『살구 칵테일을 마시는 철학자들』이란 제목으로 번역된 이 책의 도입부를 보면 왜 이런 제목이 붙게 되었는지 그 연유를 알 수 있습니다.

> 현대 실존주의의 탄생의 순간을 세 명의 젊은 철학자들이 파리 몽파르나스 거리의 벡 드 가즈 Bec-de-Gaz 바에 앉아 그 집의 특별주인 살구 칵테일을 홀짝이며 그동안 미뤄둔 잡담을 풀어놓았던 1932~3년 초쯤으로 좁힐 수도 있다.

여기서 말하는 세 명의 철학자는 유명한 실존철학자 장폴 사르트르(1905~1980)와 시몬 드 보부아르(1908~1986) 그리고 후에 보수주의적 정치 철학자로 널리 이름을 알리게 되는 레몽 아롱(1905~1983)입니다. 이 세 명의 저명한 철학자들은 각기 20대 중후반의 나이에 예나 지금이나 프랑스 인문·정치 계열 엘리트 양성의 상징이라 할 '파리고등사범학교' 과정을 마치고, 독자적인 학문적 경력과 지적 여정을 본격적으로 시작하는 시기를 맞고 있었습니다. 제2차 세계대전 이후 전 세

운명과
대화하는 법

계를 풍미했던 실존철학이 움트는 시기이기도 했고, 사르트르는 그 중심인물로 널리 알려져 있습니다. 저자는 보부아르 역시 페미니스트 사상가이자 독자적 세계를 지닌 소설가일 뿐만 아니라 실존철학에 고유한 기여를 한 인물이라는 사실을 잘 소개하고 있습니다. 레몽 아롱은 실존주의 철학에 속하지는 않았고, 후에 사르트르와의 친분도 소원해지지만 그럼에도 실존주의의 역사에서 중요한 위치를 차지합니다. 당시 베를린에서 유학하던 그를 통해 현상학이 프랑스에 전해지고, 사르트르를 비롯한 많은 젊은 철학자와 지식인에게 큰 영감을 준 것이지요. 저자는 아롱이 사르트르와 보부아르에게 현상학의 의미에 대해 전달하는 장면을 다음과 같이 명료하게 그려보고 있습니다.

아롱이 전하는 말은 다음과 같았을 것이다. 전통적인 철학자들이 흔히 추상적 공리나 이론부터 시작하는 것과는 달리 독일의 현상학자들은 매 순간 스스로 자신이 경험한 삶에 직접 접근하려 한다. 그들은 플라톤 이후 철학을 유지해온 퍼즐들, 즉 어떤 것이 실재하는 건지 아니면 환상의 편린들일 뿐인지 혹은 타인들도 마음을 가지고 있는지 혹은 우리가 확실히 알 수 있는 것이 있는지 등의 물음들은 무시한다. 대신에, 현상학자는 이런 질문을 하는 모든 철학자가 이미 대상으로 가득 찬 세상 속에 던져졌거나, 최소한 대상들의 외연 혹은 '현상'으로 가득 찬 세상 속에 있다는 점을 지적한다. 그러니 현상을 마주하는 것에 집중하고 그 밖의 것은 제쳐두는 것이 좋지 않겠는가?

'현상학적 운동'이라 일컬어지는 현상학의 발전은 실존철학과 결정적 관계를 맺습니다. 오스트리아의 철학자 알렉시우스 마이농과 독일의 철학자이자 심리학자인 프란츠 브렌타노 등의 심리철학에서 시작된 '현상학적 운동'은 독일 철학자들에 의해 본격적으로 꽃피었는데, 그 정점에 에드문트 후설(1859~1938)이 있습니다. 그리고 잘 알려져 있다시피 현상학은 마르틴 하이데거, 장폴 사르트르, 모리스 메를로퐁티, 에마뉘엘 레비나스 등을 통해 다채롭게 발전해나가지요.

실존주의는 현상학적 방법이 사변보다는 개인의 실존적 자유와 개인의 고유성을 구체적 사건과 체험 속에서 발견하려는 새로운 시대정신과 만난 것이라 할 수 있습니다. 제2차 세계대전 후의 정신적 혼란과 허무감 속에서 실존주의는 많은 이들의 공감을 얻게 되었고, 곧 전 세계 지성계의 흐름을 주도하게 되었습니다. 이후의 경제적 부흥과 함께 폭발적인 유행만

운명과
대화하는 법

큼이나 빠르게 퇴조하긴 했지만, 그래도 의심할 바 없이 20세기의 가장 유명한 철학사조였다고 평가할 수 있습니다.

실존주의가 실증주의나 언어분석철학, 해석학 같은 다른 주도적인 철학사조와 다른 것은 강단철학이라는 학문적 영역을 넘어 일반인들에게도 많은 영향을 주었다는 사실입니다. 실존주의의 용어와 개념들은 일상에서 자주 사용되었고, 문학, 미술, 음악 같은 다른 예술 영역에도 적극적으로 수용되었습니다. 실존주의 철학자들은 미학적 차원에 대해서도 관심이 많았는데, 이는 고전 철학자들이 가장 중요하게 생각한 영원한 진리와 보편성만큼이나 개인의 고유성이나 찰나적인 미학적 자기실현의 의미에 대해 진지하게 주목하였기 때문입니다.

세라 베이크웰은 『살구 칵테일을 마시는 철학자들』에서 실존철학의 인물과 역사를 매우 흥미로운 개인적, 사회적 사건들로 풍부하게 소개하면서 풀어갑니다. 이는 저자 자신이 실존주의에 대해 강한 애정과 친화력을 가지고 있는 데 힘입었으리라 생각합니다. 자신이 실존주의에서 지대한 영향을 받았다고 밝히고 있으니까요. 많은 사람이 철 지난 유행으로 여기는 실존철학을 우리 시대에 다시 불러낸 것은 철학사에 대한 저자의 현학적 관심 때문만이 아니라, 여기에서 오늘날 우리가 삶을 잘 살아가기 위해 꼭 필요한 질문을 만날 수 있기 때문입니다. 자아가 자기 자신과 맺는 진정한 내적관계인 실존이 잊히고, 삶의 수많은 국면에서 소외를 겪으며, 각자의 고유성은 사라지고, 타자와의 만남이 피상적인 데서 그치는 일상 속에서 저자는 우리가 먼저 자신의 자유에 대해 깊이 질문을 던져야 한다고 말합니다. 이것이야말로 실존철학자들에게 배울 수 있는 미덕이지요.

> 아마도 우리가 생각했던 것보다 훨씬 더, 현대 세상에는 실존주의자들이 필요한 것 같다. (…) 그들은 끊임없이 자유와 존재에 관해, 우리가 계속해서 잊고 싶어 하는 질문들을 되풀이한다.

세라 베이크웰의 책은 이처럼 우리에게 가끔씩 실존철학자의 삶을 살아볼 것을 권유합니다. 이러한 생각을 프랑스의 철학 교사 샤를 페팽 역시 그의 책 『실패의 미덕』에서 공유하고 있습니다. 이 책은 철학자들이 애써 무시했던 '실패'라는 주제를 일반인을 대상으로 설명하는 흥미로운 철학책입니다. 페팽은 실존주의를 우리가 살아가며 겪는 실패의 의미를 올바로 깨닫는 중요한 길잡이로 삼습니다. 또한 사르트르의 유명

운명과
대화하는 법

한 명제인 '실존은 본질에 우선한다'에서 실패를 삶의 자양
분으로 삼는 일상의 지혜를 길어내고 있습니다.

> 사르트르의 이 명제는 어려워 보이지만 사실은 그렇지 않
> 다. 이는 단순한 명제로, '인간은 역사와 삶 속에 존재하
> 며, 상상하고 변화할 자유가 있다'라는 뜻이다. (…) 본질
> 중심의 사고는 실패의 미덕과 모순된다. 만약 실패로 우
> 리가 변화한다면, 실패를 통해 우리의 '본질'이 드러난다
> 고 생각하는 것이 바람직하지 않다. 왜냐하면 실패 자체
> 로 우리가 누구인지 결정된다고 믿어버리기 때문이다. 하
> 지만 다른 관점으로 실패를 인정하면 앞으로 펼쳐질 변화
> 에 대한 가능성을 볼 수 있다.

페팽에 의하면 실존주의자로 산다는 것은 삶을 가능성으로
이해하는 것이며, 한 방향으로만 성공하려 애쓰거나 그 성공
을 보존하며 일체의 실패를 허락하지 않으려고 안간힘을 쓰
는 대신, 실패를 가능성의 장이 열리는 사건으로 여기는 것
입니다. 그리하면 실패는 더 풍부한 실존적 삶의 조건이 되
겠지요. 그는 이처럼 실패를 포용하고 변화하고 성장하며 실
존으로 인간 존재를 이해하는 실존주의적 삶의 태도를 재즈

당신이 내게
말하려 했던 것들

음악에 비유하면서, 위대한 재즈 음악가 마일스 데이비스의
다음과 같은 멋진 말을 인용합니다.

> 한 음이 연주되었을 때 그 음이 정확한 음인지 틀린 음인
> 지 알기 위해서는 그 다음 음이 연주되어야 한다.

한편 실존주의를 생각하면 떠올리게 되는 예술가가 있습니
다. 노르웨이의 화가 에드바르 뭉크(1863~1944)입니다. 표현
주의 화가 뭉크는 실존주의가 나타나기 훨씬 전인 19세기
말과 20세기 초에 활동했습니다. 그럼에도 그의 이름이 실
존주의와 어울리는 것은 그 유명한 그림 〈절규〉 때문입니다.
뭉크는 이 그림을 설명할 때면, 자신이 프랑스 니스에서 병
을 앓고 있을 때 경험한 '실존적' 체험을 자주 언급했습니다.
이 강렬한 체험은 이 작품의 주된 영감이지요. 그날의 느낌
에 대해 뭉크는 다음과 같이 전하고 있습니다.

> 친구 둘과 산책을 나갔다. 해가 지기 시작했고 갑자기 하
> 늘이 핏빛으로 물들었다. 나는 피로를 느껴 멈춰 서서 난
> 간에 기대었다. 핏빛과 불의 혓바닥이 검푸른 협만과 도
> 시를 뒤덮고 있었다. 친구들은 계속 걸었지만 나는 두려

운명과
대화하는 법

움에 떨며 서 있었다. 그때 난 자연을 관통하는 끝없는 절규를 들었다.

세계가 갈기갈기 찢기고 심연을 드러낸 황폐한 시대에 사람들이 겪는 불안과 내적 분열 그리고 소리 없는 날카로운 비명을 그린 〈절규〉는 그려진 지 이미 100년이 훨씬 넘었지만, 마치 오늘날을 예언한 기분이 들게 합니다. 우리가 이 그림에 전율하면서도 공감하는 이유는 우리가 사는 세계 곳곳에 불안과 절망과 날카로운 절규가 가득 차 있다는 것을 알기 때문입니다. 참으로 세상에는 어둠이 짙게 드리워져 있습니다. 뭉크가 직감한 그러한 불안의 세계상은 많은 현대인이 공유하는 것으로, 이러한 정서와 사유를 수렴하는 실존철학 역시 사람들을 충분히 사로잡을 만했던 것이지요.

뭉크의 작품을 보며 '나는 실존주의자입니다'라는 명제에 고개를 끄덕입니다. 실존주의자는 어둠과 불안의 심연을 대면하는 사람입니다. 그리고 고뇌와 고통의 한복판에서 비로소 체험하는 진정성을 귀하게 여기는 사람입니다. 또한 깊고 멀리 나아가기를 감히 소망하는 이입니다. 그러나 이 모든 것은 자신의 힘으로만 이루어지는 것이 아니기에, 그보다 더 간절하게 빛을 간구하는 이여야겠지요.

실존주의자의 길에 나선 사람이라면 예수님께서 사랑하시는 제자 요한을 통해 전하신 요한복음의 서문에 위로받지 않을 수 없습니다. 요한은 '어둠은 깨닫지 못하고 있으나 빛이 어둠 속에서 비치고 있다'고 말합니다. 그 빛은 생명이며, 생명은 말씀이신 하느님 안에 있다고 전합니다. 말씀이 사람이 되어 우리 가운데 사신다고 증언합니다(요한 1, 1-14). 어둠의 복판에 있는 우리는 이 참된 증언에서 빛을 봅니다.

시시각각 절망과 죽음으로 내몰리는 이 세상의 사람들에게 빛은 생명을 줍니다. 사람이 되신 말씀에 대한 믿음이 산산조각난 우리의 삶을 치유하게 합니다. 그러하기에 실존주의자의 삶은 인간의 자유가 하느님의 빛을 만나 치유되고 완성되는 여정입니다.

위
대
한

시
작

해나 아렌트(1906~1975)는 오늘날 가장 자주 언급되는 철학자라 할 수 있습니다. 수십 년의 시차를 넘어선 그녀의 사유와 통찰은 우리 시대 위기의 본질을 잘 밝혀주고 있습니다. 유대인 출신으로 하이데거, 야스퍼스 같은 대 철학자들의 촉망받는 제자였던 그녀는 나치 점령하의 독일과 프랑스에서 여러 번 죽음의 위기를 넘기며 레지스탕스 활동에 관여하다 마침내 미국으로 망명하는 데 성공하였습니다. 뉴욕에서 독일어

강의로 생계를 겨우 해결하는 고단한 망명 지식인 생활을 하던 중 나치즘과 스탈린주의라는 광기의 본질을 분석한 대작 『전체주의의 기원』을 쓰며 일약 뛰어난 정치 사상가로서 주목받았습니다.

프랑스 체류 시절부터 준비한 원고들을 바탕으로 저술한 이 작품은 정치 철학계에 신선한 충격을 주었습니다. 이후 그녀는 이스라엘의 정보기관 모사드가 아우슈비츠의 악명 높은 전범 아돌프 아이히만을 예루살렘의 재판정에 세운 1961년, 이 세기의 재판을 방청하고, 여러 번에 걸쳐 기사를 『뉴요커』에 기고하게 됩니다. 이는 그녀가 미디어의 주목을 받고 학계를 넘어 대중에게까지 영향을 미치는 지식인으로 자리 잡는 결정적 계기가 되었습니다. 이 기고들은 『예루살렘의 아이히만』이라는 저서로 출판되었습니다.

이 책은 저널리즘적 저술이라는 한계에도 불구하고, 전체주의 체제 안에서 개인의 양심과 책임에 대한 철학토론에서 자주 인용되고 분석되는 중요한 저서입니다. 『전체주의의 기원』에서 전체주의의 본질을 드러내기 위해 이마누엘 칸트의 '근본악'에 대한 학설에 영향을 받아 그 개념을 사용했던 해나 아렌트는 『예루살렘의 아이히만』에서는 아돌프 아이히만에 대해 묘사하면서 '악의 평범성'이라는 새로운 차원의 개

운명과
대화하는 법

넘을 도입합니다. 이는 끔찍한 악행들이 의외로 한 개인의 '무사유'와 '공감능력의 부족'이라는 피상적이고 평범한 뿌리에서 유래할 수 있다는, 거대한 악을 행하는 사람이 악마와 같은 사람이라는 우리의 선입관에 도전하는 과감한 이론이었습니다. '악의 평범성'의 개념적 정합성에 대해서는 만만치 않은 비판이 있는 것도 사실이지만, 이는 여전히 그녀의 정치 사상을 논할 때 가장 먼저 언급되는 개념이기도 하지요.

그러나 그녀의 이런 사상이 오늘날 이토록 큰 힘을 갖고 절실하게 다가오는 것은 그녀가 전체주의와 개인의 비인간화에 대한 날카로운 분석을 수행하는 데 최종적 목적을 두고 있는 것이 아니라, 인류의 밝은 미래를 열어가기 위해서는 인간 안에 있는 '위대한 시작'의 힘에 희망을 걸어야 함을 알려주기 때문입니다.

해나 아렌트는 『전체주의의 기원』에서 나치즘과 스탈린주의라는 전체주의의 본질과 전체주의가 인류에 가져오는 가공할 위험성을 그 생성의 계보와 현재 상황 그리고 재등장의 가능성의 관점에서 방대한 문헌적 연구와 탁월한 직관력으로 논파합니다. 그런데 그녀는 이 거대한 작품을 놀랍게도 아우구스티누스의 『신국론』에 제시된 웅장한 역사철학에서 영감을 얻어 다음과 같은 말로 대단원을 맺습니다.

'그러나 역사에서 모든 종말은 반드시 새로운 시작을 포함하고 있다는 진리도 그대로 유효하다. 이 시작은 끝이 줄 수 있는 약속이며 유일한 메시지이다. 시작은, 그것이 역사적 사건이 되기 전에 인간이 가진 최상의 능력이다. 정치적으로 시작은 인간의 자유와 동일한 것이다. 시작이 있기 위해 인간이 창조되었다'라고 아우구스티누스는 말했다. 새로운 탄생이 이 시작을 보장한다. 실제로 모든 인간이 시작이다.

여기서 우리는 '위대한 시작'이 해나 아렌트 철학의 주제라는 것을 확인하게 됩니다. 그러나 '시작'의 위대함에 대한 믿음과 희망의 근거를 본격적으로 탐구하고 성찰하는 그녀의 저작은 『전체주의의 기원』과 『예루살렘의 아이히만』 사이에 쓴 『인간의 조건』입니다. 이 책에서 그녀는 우연과 필멸의 한계 속에 존재하는 인간의 존엄과 희망이 '새로 시작할 수 있는 능력'에 있음을 인상적으로 밝히고 있습니다. 그리고 이러한 시작하는 존재로서의 위대함이 단적으로 나타나는 것이 바로 인간의 행위라고 말합니다.
해나 아렌트는 아리스토텔레스의 '행위Praxis'의 개념을 이어받으면서도 창조적으로 새롭게 해석하여, 행위는 인간이 그

운명과
대화하는 법

자연적 인간조건의 부침 속에서도 끊임없이 새로 시작할 수 있는 인간의 위대함을 보여주는 징표라고 말합니다. 그건 일종의 기적과도 같은 현상으로, 이를 통해서 인간은 '죽기 위해 태어난' 존재가 아니라 '시작하기 위해 태어난' 존재임이 드러난다는 것이지요. 그러한 새로운 시작으로서의 행위의 절정을 해나 아렌트는 '용서'와 '약속'에서 보고 있습니다.

환원 불가능한 과거의 결과에 신음하고 미래의 불확실성에 불안해하는 것은 인간의 조건입니다. 인간은 어떤 경우에도 이러한 '인간사의 연약성'을 제거할 수는 없습니다. 그럼에도 각 개인의 공동체가 좋은 삶을 이끌어갈 수 있었던 가능성은 이러한 조건 속에서도 마치 바다에 솟아난 섬들처럼 '위대한 시작'을 하는 순간들이 있다는 데 기인합니다. 인간이 '용서'와 '약속'의 행위를 할 수 있는 것은 해방되지 못한 과거의 일과 불투명한 불신과 불안의 어두운 미래의 시간 안에서도 새롭게 시작할 수 있다는 믿음과 희망의 근거 때문입니다.

그런데 해나 아렌트는 인간이 행위라는 활동을 통해 '시작하는 존재'가 될 수 있는 것은 인간의 업적 이전에 이미 무상의 선물로서 태어나면서부터 존재를 '부여'받는 데 근거하고 있음을 말하고 있습니다. 즉, 인간의 탄생성은 무상의 선물인 것이지요. 이러한 '탄생성'의 개념은 현대철학의 인간학에 있

당신이 내게
말하려 했던 것들

어 그녀가 독창적인 기여를 했다고 볼 수 있습니다.

그녀는 하이데거가 현대철학의 분수령이 된 『존재와 시간』에서 일찍이 탐구한 '죽음으로 향하는 현존재'로서의 인간의 본질을 새롭게 숙고합니다. 그리고 인간이 '태어나는 존재'라는 것이 얼마나 중요한 의미를 지니고 있는지를 통찰합니다. 무엇보다 그녀는 아기 예수의 탄생 안에서 이러한 인간의 '탄생성'에 대한 결정적 표현을 발견하고 이에 대한 믿음과 희망을 이야기합니다. 그러하기에 그리스도인이 아닌 해나 아렌트에게 있어서도 예수의 성탄은 인간에게 있어 근원적인 '기쁜 소식'이 되는 것이지요.

> 인간사의 영역인 세계를 정상적이고 '자연적'인 황폐화로부터 구원하는 기적은 결국 다름 아닌 탄생성이다. 존재론적으로 이 탄생성에 인간의 행위 능력이 뿌리박고 있다. 다시 말해 기적은 새로운 인간의 탄생과 새로운 시작, 즉 인간이 탄생함으로써 할 수 있는 행위이다. 이 능력의 완전한 경험만이 인간사에 희망과 믿음을 부여할 수 있다. 그러나 고대 그리스는 인간 실존의 본질적인 두 특징인 믿음과 희망을 완전히 무시하고 믿음을 가지는 것을 매우 드물고 사소한 덕으로 평가절하했고 희망을 판도라

운명과
대화하는 법

상자에 들어 있는 악 중의 하나로 간주했다. 이 세계에서 믿음을 가질 수 있고 이 세계를 위한 희망을 가져도 된다는 사실에 대한 가장 웅장하면서도 간결한 표현을 우리는 '한 아이가 우리에게 나셨도다'라고 하는 성탄의 기쁜 소식에서 찾을 수 있을 것이다.

우리는 나름의 시대가 가진 어두움 속에서 신음하고 있습니다. 이제 해나 아렌트의 명철한 성찰과 자유롭고 독립적인 사유만큼이나 그녀가 간직한 인간에 대한 굳건한 믿음과 희망을 배워야 할 때입니다. 우리가 '태어난 존재'라는 것이 얼마나 위대하며, 우리 모두가 '위대한 시작'을 할 수 있는 존재라는 확신에 근거할 때, 우리는 역사와 체제의 희생물이 아닌 참으로 인간다운 공동체를 함께 이루어가는 '활동적 삶', 즉 자기실현의 삶을 사는 자유인이 될 것입니다.

사
랑
은

나
의

중
력

"하늘에 계신 우리 아버지…."

신앙인이라면 하루에도 여러 번 바치는 '주님의 기도'를 여
는 이 구절을 오래 입 속에 담아봅니다. 이 기도를 바치며 우
리는 시시각각 압박하는 폭력적이고 냉혹한 세상의 한복판
에 '하늘에 계신 아버지'가 함께 계시다는 것을 믿게 됩니다.
하늘에 계신 아버지를 믿는 것은 세상 안에 이미 은총의 질

운명과
대화하는 법

서가 와 있음을 고백하는 것입니다. 그러나 이렇게 다가온 하늘의 세계, 즉 은총의 질서는 땅 위에 발을 딛고 있는 우리가 스스로의 실존을 망각하고 현실에서 도피하라 하지 않습니다. 오히려 허황된 욕심과 자만을 버리고 담백하고 겸손하게 '오늘 저희에게 일용할 양식을 주시고'라고 기도하게 합니다. 주님의 기도가 유래한 복음 말씀의 원문이 뜻하듯, 우리는 매일 '오늘의 빵'을 아버지께 청합니다. 이것이 하늘의 아버지를 맞이하는 바른 태도이지요.

마찬가지로 다른 이를 용서하는 일은 어렵지만 아버지가 우리를 용서하시는 은총을 알고 믿기에 그리하도록 매일매일 애씁니다. 이처럼 주님의 기도를 바치면서, 우리는 하늘과 은총의 질서를 통해 우리의 세상을 새롭게 대하게 됩니다. 은총은 이 세상을 살아가는 수고를 제거해주는 대신 그 의미와 경계를 깨닫게 해주며, 그 수고가 속박이 아니라 하늘의 아버지를 체험하는 문이 되게 변모시킵니다. 은총의 질서와 세상의 질서가 만나는 지점을 예리하게 감지하는 것, 그것이 영성의 중요한 본질이기도 합니다. 이를 상징적으로는 은총과 중력의 대립이라 표현할 수 있는데, 은총과 중력의 관계에 대해 깊은 명상을 남긴 이가 바로 프랑스의 철학자이자 실천가, 신비가인 시몬 베유(1909~1943)입니다.

그녀는 지성을 갖춘 철학자이자 타인의 고통에 대해 깊은 연민을 가지고 투신한 실천가로 교회의 문턱에 서 있되 끊임없이 '신을 기다리며' 기도했던 신비가였습니다. 그녀가 짧은 생을 마감한 후, 그녀의 영적 친우였던 철학자 귀스타브 티봉이 그녀의 유고에서 발췌하여 출간한 단상집 『중력과 은총』은 전쟁 이후 허무와 무신론이 지배하던 프랑스에 신선한 자극을 주었습니다. 이 책은 마치 새로운 시대를 위한 파스칼의 『팡세』처럼 인식된 것이지요. 시몬 베유는 '중력'과 '은총'이라는 서로 다른 질서의 충돌에 대해 날카롭게 통찰하면서 우리가 들어선 새로운 세계에 대해 좀더 깊이 생각하게 도와줍니다.

그녀가 보기에 중력은 맹목적이고 저급한 자기애가 세상을 지배하는 힘이라는 것을 드러내는 상징입니다. 우리가 그러한 힘에 굴복함은 물질세계가 중력의 힘에 영향을 받는 것처럼 자연스러운 일임을 냉정히 관찰합니다.

> 두통에 시달리다가 발작이 심해질 때면 나는 다른 사람의 이마에 같은 곳을 때려서 아프게 하고 싶은 강렬한 욕망에 사로잡힌다. 이와 유사한 욕망은 인간들에게서 흔히 볼 수 있다. 그런 상태에서 유혹을 이기지 못하고 남에게 상처

주는 말을 해버린 적이 있다. 중력에 복종한 것이리라.

그래서 하강하게 하는 중력의 힘을 경멸하고 저항하는 사람은 상승의 움직임을 갈구하며 날개를 얻고자 할 것입니다. 이제 날개는 고고한 탈속의 삶, 관계의 짐을 벗어난 삶을 상징합니다. 그러나 시몬 베유는 다른 가능성에 대해 생각합니다.

중력과 관계없는 움직임을 통해 하강하기. 중력은 하강하게 하고, 날개는 상승하게 한다. 중력 없이 하강하게 하는 제2의 힘을 지닌 날개가 있을까?

이 길이 은총에서 시작하여 은총을 통해 은총으로 향한다는 것은 예수를 통해 드러난 신의 사랑에 매혹되고 사로잡힌 그녀에겐 필연적이며 명료한 귀결이었을 것입니다. '중력의 하강활동'은 '은총의 상승활동'을 통해 구원되고, 이제 은총은 '중력 없이' 하강하는 것을 가능하게 합니다. 이런 은총이 '하강활동의 법칙'이라는 것을 체험한 이는 자신을 비우시고 인간이 되신 하느님, 그리스도의 길을 따르는 사람이 됩니다. 그러하기에 은총은 인간에게 운명적으로 결부된 중력의 법칙을 다음과 같이 변모시킵니다.

스스로를 낮추기, 그것은 정신의 중력에 있어서는 올라가기이다. 정신의 중력은 우리를 높은 쪽으로 떨어지게 한다.

시몬 베유의 신비주의와 영성을 이해하는 데 있어 중심이 되는 중력과 은총 사이의 '차이의 변증법'은 파스칼에게서도 찾을 수 있습니다. 『팡세』에 나오는 유명한 '세 가지 질서'에 대한 단상들이지요. 파스칼에 따르면 물질의 세계와 정신(학문)의 세계 그리고 사랑의 세계는 각기 다른 질서에 속해 있으며, 이들은 양적인 차원에서 가늠할 수 없는 질적 차이를 가집니다.

모든 물체와 모든 정신 그리고 그것들의 생산물은 사랑의 가장 작은 움직임의 가치도 없다. 그것은 무한히 높은 질서에 속한다. (…) 모든 물체를 다해도 하나의 작은 생각을 만들어낼 수 없다. 그것은 불가능하며, 다른 질서에 속하는 것이다. 모든 물체와 정신에서 우리는 진정한 사랑의 한 움직임을 이끌어낼 수 없다. 그것은 불가능하며, 다른 초자연의 질서에 속하는 것이다.

시몬 베유의 영성을 파스칼의 단상을 통해 헤아려보면, 결국 은총을 통한 하강의 법칙이란 사랑의 질서 안에 자신을 온전히 던짐으로써 '낮아지는 삶'을 뜻한다고 알게 됩니다. 이러한 전적인 투신 속에서 육신의 조건을 상징하던 중력은 은총 속에 변용되어, 사랑의 질서에 반하는 것이 아니라 그 질서에 따른 움직임이 됩니다. 여기서 우리는 아우구스티누스의 그 아름다운 경구의 참뜻을 만나게 됩니다.

나의 사랑은 나의 중력Amor Meus Pondus Meum.

시몬 베유와 파스칼, 아우구스티누스와 함께 '사랑이라는 중력'에 대해 묵상하면서 몇 년 전 그토록 감동하며 보았던 영화에 생각이 닿았습니다. 알폰소 쿠아론 감독의 〈그래비티〉입니다. '중력'이라는 뜻의 영화 제목은 그 영화의 소재이기도 하고 주제이기도 합니다. '무중력'의 우주 공간에서 속절없이 우주 미아가 될 위기에 빠진 한 여성 우주비행사가 천신만고 끝에 '중력'이 지배하는 지구로 귀환하는 내용이었습니다. 어찌 보면 단순한 줄거리이고 또한 등장인물도 단 두 명, 그것도 영화 대부분은 여자 주인공이 홀로 우주에 있는 이야기이니 매우 지루할 수도 있을 텐데 영화는 매우 흥미진진하였습니다. 영상이나 음향 등이 기술적으로 탁월하기도 했지만, 삶의 모든 부분이 얼마나 소중하며 작은 인간적 유대마저 얼마나 축복으로 다가올 수 있는지 체험하게 하는 영화였습니다. 영화는 제법 철학적이기도 하면서 종교적이고 영성적인 깊은 차원의 이야기도 가능했습니다. 무엇보다 그 제목을 곱씹으며 여러 성찰을 할 수 있었지요.

중력은 무거운 짐을 상징합니다. 살면서 우리는 얼마나 자주 내게 지워진 짐을 내려놓으려 애쓰는지 모릅니다. 그러나 영화는 그 짐을 찾아 분투하는 주인공의 모습을 보여주며 우리가 지고 있는 무게야말로 나를 살아 있게 하는 비밀이라는 것을 느끼게 합니다. 자유 역시 그 무게가 있는 곳에서 숨 쉴 수 있다는 역설을 엿보게도 합니다.

신앙의 관점에서 보면 중력이라는 상징 안에서 우리는 사랑의 짐과 무게와 책임을 말할 수 있습니다. 교회가 말하는 성인이란 결국 사랑의 무게를 열정과 자유로써 기쁘게 지고 간 사람들입니다. 그들이 두려움 없이 선택한 '사랑의 중력'은 때로는 순교에 이를 때까지 숱한 고난과 역경으로 그들을 이끌었습니다. 그러나 그 안에서 '훌륭히 싸웠고 달릴 길을 다 달린(2디모 4, 7)' 그들은 영원한 생명을 얻었습니다.

우리는 우리의 삶에서 중력을 없앨 수는 없습니다. 그러나 시몬 베유의 명상과 아우구스티누스의 고백에서 배우듯, 은

운명과
대화하는 법

총과 함께 상승하여 탈속하려는 갈망과 중력에 몸을 맡겨 나의 욕망과 함께 하강하려는 두 가지 상반되는 운동을 넘어서서, 사랑의 중력과 함께 자신을 비우고 하강하는 삶을 희망할 수 있습니다. 은총은 일상 안에서 우리가 도피가 아닌 진정한 초월의 길에 이르도록 인도합니다. 삶의 중력을 사랑의 마음으로 받아들이고 타인의 짐을 기꺼이 함께 지는 여정을 걸어보도록 합니다.

당신이 내게
말하려 했던 것들

나
에
게
는

얼
굴
을

쓰
다
듬
을

손
이

없
다

눈이 내리길 기다립니다. 얼굴에 와 닿는 눈송이
의 차가운 감촉이 나를 깨우면 좋겠습니다. 눈과 함
께 순수의 마음, 가난한 마음에 가 닿고자 합니다.
그리고 문득, 여행길에 빈의 어느 골목길에 있는
작은 미술관에서 우연히 만났던 마리오 자코멜리
(1925~2000)의 오래된 흑백 사진 연작 〈나에게는 얼
굴을 쓰다듬을 손이 없다〉가 떠오릅니다.

1960년대 이탈리아의 한 작은 도시 신학교에서 찍은 이 연작 사진들 속에는 젊은 신부들과 신학생들이 눈이 펑펑 오는 날, 해맑게 웃으며 눈 장난을 치고 있습니다. 소박한 단벌 수단이 하늘의 축복 같은 눈송이와 더없이 어울리고, 그들에게서 날아오를 듯한 기쁨과 상쾌함이 느껴집니다. 순수함과 단순함과 마음의 가난함이 큰 기쁨을 선사한다는 것을 알게 하는 사진이었습니다. 미소를 지으며 사진을 봅니다.

작가는 독학으로 사진을 배우고 작품의 소재 대부분을 자신이 태어난 이탈리아 북부 해안가의 마을 세네갈리아에서 찾았습니다. 자코멜리는 쉬운 답과 값싼 위로가 아니라 고투와 절망 사이를 오가는 인간의 삶과 죽음의 준엄함을 자신의 작품 안에 담기 원했던 사람이었습니다. 세상과 인간의 고통과 대면하는 정직함이 그의 사진에 담겨 있습니다.

1961년부터 1963년 사이에 세네갈리아 교구 신학교의 허락을 얻어 여러 번에 걸쳐 찍은 사진들은, 특히 눈 오는 날에 즐겁게 눈싸움도 하고 춤도 추는 신학생들과 젊은 신부들을 찍은 사진들은 여러모로 그에게 예외입니다. 어떤 그늘도 없이 따뜻한 행복감이 빛나고 있습니다. 그는 이 사진들에 '어린 사제들Pretini'이란 가제를 붙였습니다. 그런데 오랜 시간이 흐르고 난 후, 그는 이 사진들을 본격적으로 연작으로 정리하면서 이탈리아의 사제이자 시인이었던 다비드 마리아 투롤도(1916~1992)의 시에 영감을 얻어 '나에게는 얼굴을 쓰다듬을 손이 없다Io non ho mani che mi accarezzino il volto'라는 새로운 제목을 정합니다. 인생에서 순수한 기쁨과 확신이 과연 얼마나 지속될 수 있을까 회의하는 쓸쓸한 마음이 묻어 있는 것 같습니다. 그러나 이 한 줄의 문장은 일상에서 우리가 신비를 체험할 수 있는 심오하지만 단순한 비밀을 담고 있을지도 모릅니다.

그 비밀을 명상하다가 몇 년 전 사랑하는 외할머니께서 선종하셨던 때를 기억해봅니다. 외할머니는 어린 시절부터 저에게 많은 사랑을 주셨고 따뜻한 마음과 깊은 신앙으로 가족과 이웃에게 귀감이 되신 분입니다. 외할머니 생각이 지금도 많이 납니다. 가까스로 달려가 임종을 지킬 수 있었는데, 할머니께서 고요히 마지막 숨을 내쉬던 순간이 잊히지 않습니다. 빈소에서 허전한 마음 반 감사한 마음 반으로 친척분들과 할머니의 생전 모습을 회상하던 것도 생생합니다. 하지만 이상하게 그보다 더 깊이 마음에 남는 것은 오래전에 하늘나라에 가신 외할아버지 곁에 외할머니를 안장하던 날의 풍경과 느낌입니다. 늦겨울이었지만 그날은 마치 봄이 온 것처럼 따스했습니다. 그리고 아주 맑은 하늘이었습니다. 그리고 슬픔보다는 주님에 대한 감사함이 마음을 뭉클하게 하였습니다. 하느님의 자비로운 품에 할머니께서 안기신다는 것이 정말로 '확실'했습니다. 주님께서 영원한 생명을 주신다는 믿음이 그처럼 눈에 보이고 손에 잡힐 듯이 느껴진 적은 없었던 것 같습니다. 할머니의 조용하지만 고우셨던 삶이, 고생도 많았지만 하느님께 충실했던 삶이 주님의 자비 안에 온전히 받아들여졌다는 생각이 들었습니다. 할머니께서 주님 곁에서 누릴 평화와 행복을 사랑하는 가족들에게 조금 나누어주고 가셨다는 느낌도 들었습니다.

세상에서 하느님의 흔적을 더듬어간다는 것이 아득

당신이 내게
말하려 했던 것들

하게 느껴질 때가 있습니다. 예수님이 가르쳐주신 대로 사람들 안에서 하느님의 얼굴을 감지하는 것이 애당초 불가능한 것이 아니었을까 묻게 될 때도 있습니다. 내게 '얼굴을 쓰다듬을 손'이 없다는 것은 이제 더 확인할 필요가 없는지도 모릅니다. 그러다 문득, 이유를 설명할 수 없는 방식으로 이미 내 얼굴을 어루만지는 손들이, 내 손이 어루만질 얼굴들이 나의 인생 안에 존재하고 있다는 것을 '알게' 되는 순간이 있습니다. 그것은 비상한 체험도 아니고 떠들썩하게 소문내거나 정색을 하고 심각하게 만들 사건들도 아닙니다. 그냥 눈이 하늘에서 조용히 내려오듯, 어린아이처럼 눈밭에서 장난을 하듯, 인생의 가장 작은 모서리에서부터 회의와 체념이 희망에 물들어가고 생기로 치유되는 순간입니다. 그런 순간들을 기억하는 사람은 복됩니다. 그 기억과 함께 '지금'이 변하기 때문입니다. 이제 독자분들의 얼굴을 어루만지는 신비로운 손에, 독자분들의 손이 어루만지는 신비스러운 얼굴에 경배합니다.

도움을 받다

1장. 눈물 맺히는 이 찬란한 계절에

겨울 여행
『겨울 나그네』(빌헬름 뮐러, 민음사, 2017, 김재혁 옮김)
『리트, 독일예술가곡』(디트리히 피셔디스카우, 포노, 2015, 홍은정 옮김)
『슈베르트의 겨울 나그네』(이언 보스트리지, 바다출판사, 2016, 장호연 옮김)

선한 마음의 힘
『레 미제라블 1』(빅토르 위고, 민음사, 2012, 정기수 옮김)

빛을 기다리는 시간
『가지 않은 길』(로버트 프로스트 외, 창비, 2014, 손혜숙 엮고 옮김)
『뿌리내림』(시몬 베유, 이제이북스, 2013, 이세진 옮김)
Klaus Hemmerle, *Gottes Zeit, unsere Zeit* : Neue Stadt, München, 2004

성탄절 미사
『마종기 시전집』(마종기, 문학과지성사, 1999)
Klaus Hemmerle, *Gottes Zeit, unsere Zeit* : Verlag Neue Stadt, München, 2004

리파티를 듣는 밤
『음악가의 음악가 나디아 불랑제』(브뤼노 몽생종, 포노, 2013, 임희근 옮김)
Dragos Tanasescu/Grigore Bargauanu, *Lipatti*, Kahn & Averill, London, 1988

겨울의 끝
『바위나리와 아기별』(마해송 전집 1)(마해송, 문학과지성사, 2013)

『길』(미쓰하라 유리, 성바오로 출판사, 1999, 유시찬 옮김)

좋은 벗인 죽음
『음악과 종교』(한스 큉, 포노, 2017, 이기숙 옮김)
『볼프강 아마데우스 모차르트』(칼 바르트, 분도출판사, 1997, 이종한 옮김)
W.A. Mozart, *Briefe*, Marix Verlag, 2011

마지막 사중주
『말년의 양식에 관하여』(에드워드 사이드, 마티, 2012, 장호연 옮김)

세상의 모든 아침
『세상의 모든 아침』(파스칼 키냐르, 문학과지성사, 2013, 류재화 옮김)

기억하라
『가라앉은 자와 구조된 자』(프리모 레비, 돌베개, 2014, 이소영 옮김)

반더러, 순례자, 산책자
『복음의 기쁨』(교황 프란치스코, 한국천주교주교회의, 2014)

2장. 길을 걸었어, 봄이더군

이 아름다운 5월에
『젊은 음악가를 위한 슈만의 조언』(스티븐 이설리스, 클, 2018, 정세진 옮김)

화양연화
『성경』「코헬렛」
『체호프 희곡 전집』(안톤 체호프, 시공사, 2010, 김규종 옮김)
『우리읍내』(손톤 와일더, 예니출판사, 2013, 오세곤 옮김)

여름날, 여행의 권유
『악의 꽃』(샤를 보들레르, 민음사, 2016, 황현산 옮김)
『여행의 기쁨』(실뱅 테송, 어크로스, 2016, 문경자 옮김)

가보지 못한 리스본을 그리며
『리스본행 야간열차』(파스칼 메르시어, 들녘, 2014, 전은경 옮김)
『불안의 책』(페르난두 페소아, 문학동네, 2015, 오진영 옮김)

휴가의 열매, 평정심
『고대 철학이란 무엇인가』(피에르 아도, 열린책들, 2017, 이세진 옮김)
『마르셀의 여름』(마르셀 파뇰, 서해문집, 2011, 이재형 옮김)
『마츠오 바쇼오의 하이쿠』(마츠오 바쇼오, 민음사, 1998, 유옥희 옮김)

우리는 모두 별의 먼지입니다
『모든 순간의 물리학』(카를로 로벨리, 쌤앤파커스, 2016, 김현주 옮김)
『월든』(헨리 데이비드 소로, 은행나무, 2011, 강승영 옮김)

우아하고 감상적인 산책
『산책』(로베르트 발저, 민음사, 2016, 박광자 옮김)
『산책자의 행복』(이효석 문학상 수상작품집 2016)(조해진 외, 생각정거장, 2016)

릴케의 가을
『릴케 전집 2』(라이너 마리아 릴케, 책세상, 2000, 김재혁 옮김)

3장. 슬픔을 알아 행복한 이여

토성의 영향 아래
『토성의 고리』(W. G. 제발트, 창비, 2011, 이재영 옮김)
『우울한 열정』(수전 손태그, 이후, 2005, 홍한별 옮김)

『성경』「마태복음」

감사함에 대하여
『완벽한 날들』(메리 올리버, 마음산책, 2013, 민승남 옮김)

특별하지 않다는 기쁨에 대하여
『토머스 머튼의 단상』(토머스 머튼, 바오로딸, 2013, 김해경 옮김)

하느님의 셈법
『성경』「마태복음」
『존 러스킨의 생명의 경제학』(존 러스킨, 아인북스, 2018, 곽계일 옮김)

태양의 찬가
『찬미받으소서』(교황 프란치스코, 한국천주교주교회의, 2015)

아르스의 성자
『사탄의 태양 아래서』(조르주 베르나노스, 문학과지성사, 2004, 윤진 옮김)

어느 시골 신부의 일기
『어느 시골 신부의 일기』(조르주 베르나노스, 민음사, 2009, 정영란 옮김)
『시네마토그래프에 대한 단상』(로베르 브레송, 동문선, 2003, 오일환·김경은 옮김)

4장. 운명과 대화하는 법

그럼에도 희망은 믿을 수 없게 가까이
Hilde Domin, *Sämtliche Gedichte,* S.Fisher(Frankfurt a.M.), 2009

떠돌이 개
Giorgio Agamben, *Kirche und Reich,* Merve. 2012

더러운 영
『악령』(도스토옙스키, 열린책들, 2009, 김연경 옮김)
『필경사 바틀비』(허먼 멜빌, 바다출판사, 2012, 김세미 옮김)

인생극장에서 허무에 답하다
『리어왕·맥베스』(윌리엄 셰익스피어, 을유문화사, 2008, 이미영 옮김)
『팡세』(블레즈 파스칼, 을유문화사, 2013, 현미애 옮김)

죽음의 연습
『준주성범』(토마스 아 켐피스, 가톨릭출판사, 2011, 윤을수 옮김)

삶은 빛난다
『모든 것은 빛난다』(휴버트 드레이퍼스, 숀 도런스 켈리, 사월의책, 2013, 김동규 옮김)

그 사람, 다윗
『성경』「집회서」

코헬렛은 말한다
『성경』「코헬렛」

솔로몬의 빛과 그림자
『성경』「열왕기 상권」

나는 실존주의자입니다
『살구 칵테일을 마시는 철학자들』(사라 베이크웰, 이론과실천, 2017, 조영 옮김)
『실패의 미덕』(샤를 페팽, 마리서사, 2017, 허린 옮김)
『에드바르드 뭉크』(울리히 비쇼프, 마로니에북스, 2005, 반이정 옮김)

위대한 시작
『전체주의의 기원』(해나 아렌트, 한길사, 2006, 이진우·박미애 옮김)
『인간의 조건』(해나 아렌트, 한길사, 1996, 이진우 옮김)

사랑은 나의 중력
『중력과 은총』(시몬 베유, 이제이북스, 2008, 윤진 옮김)
『팡세』(블레즈 파스칼, 을유문화사, 2013, 현미애 옮김)
『성경』「디모테오에게 보낸 둘째 편지」